KB131490

J에게

다정한 날들에 안겨

다정한 날들에 안겨

염서정 에세이

문장과장면들

종종 비행기를 타고 보고 싶은 이들을 만나러 가는 꿈을 꾼다. 지난 여행을 끝으로, 짐을 싸고 푸는 일을 너무 고단하게 느껴 한동안 비행기는 타고 싶지 않다는 말을 떠들고 다녔지만 마음은 벌써 다음 행선지를 기다리고 있다는 것을, 꿈이 말해준다. 깨어나면 더없이 부풀어 오르는 마음의 꿈, 나도 모르는 사이 자라난 한없이 애틋한 소원의 형상이 수면 너머에서 매일 아른거린다.

다정한 날들이었다. 적잖은 괴롬의 순간들을 지나왔지만 그 모든 날들이 내게는 한없이 다정한 날들이었노라고 소리 내어 힘 있게 말하고 싶다. 언제 어디서 인생이 또 다른 파도를 몰고 올지 알 수 없지만 이제는 매 순간 나에게 다정하기를 꿈꾼다. 슬픔의 날들, 그 가운데서 나에게 밀도 높게 밀려왔던 사랑이 그러했듯이.

사랑이 여기, 이 삶에 있다. 가장 다정한 얼굴을 하고 언제까지나 줄곧 따뜻하게.

일러두기

2021년 11월부터 2022년 9월까지 미국과 영국,
남프랑스, 한국에서 쓰였다. 원고가 쓰인 장소와
시각보다 선명한 감정의 흐름에 따라 엮었다.
작가 엽서정의 산발적인 기록이 당신을 이끌고
갈 곳은 단 하나, 다정한 품이다.

목차 |

여권을 챙기기 전에

1

수영하는 낮을 기다린다.

아마 낙엽도, 구름들도 물속에서 수영 중일 거야.

| 2022.7.22 윔블던

2

맨발로 디딘 방바닥은 온기를 품고 있고 코끝과 손끝이 조금 시리다. 흐린 하늘이 해를 내보여 거실에는 빛이 든다. 어쩌면 이 계절을 남몰래 좋아하고 있었는지도 모른다.

| 기록일자 미상, 세종

3

'만약에' 지금 주어진 생각이 나를 광야로 이끄는 초대장이라면 비행기 티켓과 머물 곳, 모든 경비에 관한 문제들은 그저 기다리고 있으면 되는 것일까. 왜 타국이어야 하느냐고 묻는다면 "멀수록 쉽게 돌아올 수 없을 테니까." 라고 답하고 싶다. 나라면 금세 어디든 기대고 싶어질 테니까.

섬광처럼 다가온 갈망을 '계시'라고 부를 수 있을까. 모든 상황을 엄마에게 진솔하고 정확하게 전하기 위해 애썼다. 말로는 다 표현할 수 없어서 노트를 펼쳐서 또박또박 써낸 글자들을 읽어주었는데 어느 순간부터 엄마는 울고 있었다.

"왜 눈물이 나는지 모르겠어. 근데 눈물이 나."

엄마에게서 처음 들어보는 말, 처음 보는 종류의 눈물이었다. 그런데도 아주 낯설지 않은 이유라면, 꿈에서 본 적이 있었을까. 순수한 나의 엄마, 내 앞의 그녀는 울고 있었지만 신중하게 단어를 고르며 내게 말했다. 그녀와 비슷한 마음으로 나도 조금 울었다. 그 순간에는 많은 말이 필요하지 않았다. 시선에서 시선으로, 눈빛에서 눈빛으로, 달싹이는 입술에서 입술로 전해지는 온전한 감정과 사랑과 지지가 있었다.

아, 나는 올해가 가기 전에 떠나겠구나. 아름답게 시작했던 여름에 내면의 아픔을 처음 자각했고 그로부터 지금에 이르기까지 긴 터널을 걸었다. 종종 죽고 싶었다. 그러나 살기 위해 주변에 알렸다. 다만, 괜찮아지고 싶었다.

약을 먹는 동안 단잠을 자기 위해 몸부림쳤다. 좀처럼 잠이 오지 않던 새벽에는 거실로 나가 울거나 사진을 찍어도 보고 몽이와 하염없이 달을 바라보기도 했다. 때가 되면 배가 고픈 것이 징그럽기도 했다. 성실하게 약을 복용했다. 산책하고 수영하기 위해 무진 애썼다. 사랑하는 이들에게 기도를 부탁했다. 더위가 가실 즈음, 나를 위한 기도가 쌓이고 있음을 느꼈다. 느리지만 괜찮아지고 있었다. 산책을 하거나 소소하게 집 정리를 하는 것, 수영을 다녀오는 것 외에 하는 일이라곤 거의 없었지만, 전능자의 손안에 담겨 그가 일하고 움직이기에 나도 덩달아 어딘가로 움직이고 있다는 확신이 들기 시작했다.

'그가 나를 품고 어딘가로 향하고 있다. 어쩌면 이 고통에 목적이 있다.'

이를 자각한 무렵부터 다시 감사를 발음하게 되었다. 지금 곁에 있는 것들을, 아주 멀리에서, 다른 시간에서, 그리워하고 사랑하려고, 떠나기로 결심한다.

| 2021.11 세종

4

　영국으로 가는 일이 두 달 남았다. D를 보러 간다는 생각에 자꾸 설렌다. 그녀와 런던에서 두 번째 재회를 한다. 지난겨울의 일은 너무 아득하다. 벌써 아득해져 버렸다. 그보다 생생할 수 없었을 텐데도 불구하고.

　D는 우연히 지나치다 알게 된 빈티지 숍에서 꽃무늬 고운 원피스를 찾아낼 것이다. 우리가 함께 방문하기로 한 도싯에서 입어야 하니까. 7월의 휴가를 세상에서 가장 화사하고 천진하게 즐겨야 하니까. 코가 예쁘고 웃을 때 복숭앗빛 뺨은 더 해사해지는 내 친구를 햇빛 아래서 담을 것이다. 여러 장.

| 2022.5.6 세종

5

끝내 조르고 졸라서 공항까지 데려다주는 아빠에게 내가 어린애처럼 행동하는 것이 당신에게 혹시 짐이 되느냐고, 부담이 되느냐고, 철없게 느껴지느냐고, 그래서 싫으냐고 묻지 못했다. 나이를 먹어서도 어리광을 부리고 싶어 하는 내 모습이 아빠에게는 그저 한숨 거리일까 봐. 혹시라도 물었다가 실망스럽다는 얘기를 들으면 왈칵 눈물이 날까 봐. 이기적이게도.

언젠가 엄마는 내게, 자주 당신을 찾아줘서 고맙다고 했다. 엄마로서 아직 쓸모 있다는 걸 느끼게 해줘서 고맙다던 말이 오래도록 남아서 나는 그걸 지금까지 곧이곧대로 믿어버렸다. 혹시나 하는 예외 같은 건 열심을 다해 무시해버렸다. 나는 그렇게 지금까지 계속 어린애처럼 엄마를 아빠를 삼킨다.

비행기를 타러 가기 전에 포옹을 아끼지 않았다. 엄마의 가녀리고 보드라운 몸, 말랐지만 여전히 커다란 아빠의 어깨를 끌어안으며 속으로 몇 번이나, 몇 번이나 사랑을 삼켰다.

| 2022.7.8 인천공항

여행 계획에 골몰하는 사이, 한여름의 더위 그 한가운데에 들어섰다. 현관문을 열고 나서면 기다렸다는 듯이 온몸 구석구석으로 안겨 드는 높은 온도의 대기. 그 포옹이 싫지 않다. 작년부터 기다린 계절이다. 1년을 건너뛰어 이제야 여름을 감각하는 중이다.

한여름의 남프랑스를 계획하게 된 것은 그런 의미에서 마냥 즉흥적인 결정이었다기 보다 2년을 기다린 결정이었는지도 모른다. 오랜 계획이었던 셈이다.

| 2022.6.22 세종

7

나는 곧 다시 시작될 여행을 기다리는 중. 창밖에 5월의 바람은 힘차고 이보다 더 상큼할 수 없을 것이다. 가장 상큼한 달, 아빠가 이 달에게 붙인 귀여운 이름, 나는 5월이면 싱싱한 레몬 나무를 떠올린다.

세 권의 책을 샀다. 그중 한 권은 '정원'에 관한 것인데, 내용을 훑어보다 말고 몇 개의 단어가 마음에 들어 구매를 결정했다. 멋진 책이다. 언젠가 나의 정원을 가꾸는 날이 오면 두고두고 이 책을 찾아보고 싶어질 만큼.

글쓴이에 따르면 정원 가꾸기는 목가적이고 명상적인 일이 아니라 부단히 채워지지 않는 격정의 발로라고 한다. 가꾸어야 할 정원은 내게 없지만, 손가락으로 셀 수 있는 몇 개의 식물은 있다. 그 친구들을 생각하며 글을 읽어 내려가니 무슨 의미인지 알 듯도 하다.

달 별로 쓰인 책. 그의 1월 정원 가꾸기는 이렇구나. 간절히 봄을 기다리는 정원사의 마음이 여름이 오기를 기다리는 내 마음과 조금은 닮아 있을까.

해야 할, 걸어가야 할, 써야 할, 봐야 할, 읽어야 할, 들어야 할, 울어야 할 모든 것을 기다린다.

| 2022.5.4 세종

이방인의 생애

언덕이 많은 동네.

샌프란시스코는 경사가 가파르기도 하지.

내가 사는 동네엔 완만한 경사가 블록처럼 놓여 있다. 자전거를 타면 힘에 부쳤다가도 신이 난다.

| 2022.4.5 세종

일주일에 대략 1.3mm 꼴로 자라는 손톱이 애틀랜타에 도착하자마자, 아니 비행기 안에서 1mm나 자라났다. 아직 11시가 안된 아침, 창밖에는 커다란 나무들이 우수수 숨을 떨군다. 피부가 떨어져 나간다. 이번엔 내 차례, 단단한 나의 피부를 떨궈낼 시간이다.

| 2021.11.30 애틀랜타

10

3일째 여행 중이다. 여행이라고 쓰지만 친구의 삶에 잠시 얹혀 있는 중이란 표현이 보다 정확할 것이다. '객'이 되었다. E는 이보다 편할 수 없게 나를 배려해 주고 있지만 이러니저러니 해도 우리 집이 아니기에 완전히 편할 수만은 없다. 다른 집 구조, 다른 하루의 진행, 다른 음식, ……. 그러나 이 모든 것들이 신기할 만큼 크게 신경 쓰이지 않는다. 이방인을 자처한 여행이기에 다만 머리를 누일 수 있는 침대 한 켠이 주어진 것과 따듯한 물로 하는 샤워에 감사를 느낀다. 친구의 육아를 조금이라도 도울 수 있음에, 빚진 마음이 갚을 길을 찾은 듯 충실한 마음이된다.

'객'으로 머물다 가는 인생의 본질을 생각한다. 지금껏 나는 진실로 나그네 되어 본 적이 없었다. 스스로 이방인이라고 느낄 때마다 저려오는 왼쪽 손가락의 통증. 통증이 발현될 때마다 어쩌면 천국이 가까워 지고 있는 지도 모른다.

| 2021.12.2 애틀랜타

11

　넷째 날이 되어서야 여행지의 아름다움이
보였다. 그러나 그 하루 중에서 내 손에 쥐여진
Phoebe*의 작고 말랑한 손의 감촉만큼 기억에
강렬히 남은 것은 없었다. 꼭 녹지 않는 솜사탕
을 쥐고 걷는 기분이었다. Phoebe는 홀로 걷다
가도 길을 건너야 할 때면, 곁으로 와 내 손을 꼭
잡았다. 사랑이 샘솟았다.

　12월이지만 초가을에 멈춰 있는 것 같은 날
씨였다. 아침 묵상 중에 하나님 나라에 관한 말
씀을 읽었는데 내가 이날 누린 하나님의 나라는
동화 같은 색이었다. 글을 조금 썼고, Phoebe와
1시간쯤 놀았다. 아이의 말을 보다 정확하게 이
해하고 싶었다. 밤이면 슬슬 잠이 왔다. 얼추 시
차 적응이 되어가는 모양이었다. 한국에서 쉬이
들지 못했던 잠이 이곳 애틀랜타에서 기다렸다

는 듯 한꺼번에 쏟아진다. 그 밤엔 꿈도 꾸지 않았다. 깊은 잠을 유영하며.

| 2021.12.3 – 2021.12.5 애틀랜타
|*E의 첫째 딸

12

E의 부탁으로 1시간 정도 Phoebe와 Chloe*
를 돌봤다. 엄마가 안 보이면 아직 어린 둘째가
울지 않을까 다소 긴장했는데 그런 나를 알아차
리기라도 한 걸까. 첫째가 둘째도 좋아할 놀이를
먼저 제안해 주었다. 아이와 노는 일에 나는 이
렇게나 젬병이구나를 확인하는 것도 잠시, 별안
간 Chloe에게서 응가 냄새가 났다. 본인도 불편
했는지, 기저귀 쪽을 자꾸 긁적이며 발을 동동
구르는 모습이 여간 짠한 것이 아니었다.

곧바로 Chloe를 안아 올려 무턱대고 욕실로
향했다. 어떻게 해야 하는지, 아는 것도 없고 해
본 적은 더욱 없으면서 욕조 앞에 쪼그리고 앉아
Chloe의 기저귀를 벗겼다. 첫째가 기저귀를 챙
겨주며 "I'll help you."라고 말한다. Phoebe는
욕조 옆에 앉아 지켜봐 주기까지 했다. 천사 같

은 아이.

간신히 기저귀를 내리고 샤워기를 틀려는데 아뿔싸 물이 위에서 쏟아져 내린다. 앞머리가 젖고, 나도 Chloe도 화들짝 놀란다. 어떻게든 울음을 참아보려 애쓰고 있는 아가의 칭얼거림을 다독이며 그 작은 몸을 안고 서둘러 씻겼다. 내가 기저귀를 갈아주려고 한다는 것을 아이는 이해하고 있었다. 씻기고 난 뒤에 Chloe를 안아 올리자 금세 칭얼거림을 멈추고 내게 온전하게 몸을 의지해온다. 세면대로 옮겨 타월로 닦아주는 중에도 아이는 내게 꼭 안겨 어깨에 얼굴을 파묻고 있었다. 내 서투른 손길과 조마조마한 마음을 알아차렸는지 이제 겨우 15개월 된 아가가 내 한쪽 어깨를 그 작은 손으로 토닥여준다. 2020년에 태어난 아가의 똥 기저귀를 갈아주다 말고 위로를 받았다.

그 사이 일을 마친 친구가 욕실로 올라오더니 상황을 단번에 알아차렸다. 나머지는 자신이 하겠다며 Chloe를 데려가 안는다. 간신히 새 기저귀를 입혀 놓긴 했는데, 나중에 듣고 보니 거꾸로 입혔단다. 한바탕 웃었다.

Chloe가 내 한 쪽 어깨에 포옥하고 기대왔던 그 무게감이 한동안 남아있었다. 여전히 아가를 안고 있는 기분. 난생처음 남의 응가를 손에 묻혔다. 말하자면 울렁거리면서도 감동적인 기분이었는데, 전혀 다른 두 개의 감정을 동시에 가질 수도 있다는 것을 처음 알게 되었다. 나는 졸지에 Chloe의 푸푸**를 해결해 준 이모가 되었다. 첫 경험이 내 새끼가 아닌 친구의 둘째 딸인 것이 왜 이렇게 웃음이 나는지. 아마 Chloe는 기억하지 못할 테지만 영광이라고 말해주었다. 두 아이에게 많이 고마웠다.

| 2021.12.5 애틀랜타

| *E의 둘째 딸

| ** 어린아이의 말로, '응가'를 poo라고 한다.

13

이곳에서의 시간이 속도를 내기 시작했다. 너무 빠르게 하루가 흐른다. 열흘 째라고 생각했는데 어느덧 열한 번째 저녁이 되었다. 간사한 마음은 가족에 대한 그리움으로, 고독 속으로 나를 몰고 간다. 그토록 하고 싶어 했던 여행이면서 돌아가고 싶어지는 아이러니. 어디에서건 언제건 온전한 만족을 얻기란 이토록 어려운 것이구나.

미래에 도달해 보지 않더라도 알 수 있는 것들이 있다. 지금 내가 앉아있는 E의 침실, 카펫 깔린 바닥이 그렇다. 나는 이 바닥을 종종 그리워할 것이다. Phoebe와 Chloe를 떠올리며 한 번쯤 어떤 이유에서건 울게 될 거란 것도.

오랜만에 사진 찍는 즐거움을 만끽하고 있

다. 단연코 친구의 두 아이가 가장 많이 담겼을 것이다. 몇 장이나 찍혀 있을지는 후에 확인해 봐야 알 테지만 내 마음에 드느냐, 안 드느냐의 여부와 상관없이 앨범을 만들어 친구에게 보내 주기로 남모르게 자신과 약속을 했다.

E의 삶을 곁에서 지켜보는 동안 한 가지 소망을 품게 됐다. 덕분에 깊은 감사를 느끼고 있다. 애틀랜타에서의 시간들은 외로움이기보다 가을의 부서지는 낙엽 빛깔 같은 새로운 '꿈'으로 기억될 것이다. 두 감정 사이를 시소 타듯 오락가락하며, 밤새 꿈을 꿨다. 거기서 나는 잠시 머물렀다가 떠나기를 반복하며 몇 번째 날인지 열심히 기억할 필요 없는 날들을 살았다.

| 2021.12.11 애틀랜타

14

E는 기도 모임을 나섰다. 늦은 시간에. Chloe
는 진작부터 눈치를 챘다. 엄마를 옆에 두고 있
으면서도 엄마를 찾았다. 잘 다녀오란 인사를 친
구에게 건네고 방으로 돌아와 글을 쓰는데 얼마
안 가서 Chloe가 세상 서럽게 울기 시작한다. 마
치 버려진 아이처럼, 엄마. 엄마. 하고 정확하게
발음하며. 비슷한 상황을 겪을 때마다 마치 처음
당해보는 일인 것처럼 운다. 온 힘을 다해.

문득, 온 힘을 다해 울었던 게 언제였나 생각
해 본다. 어제는 많이 울었지만 온 힘을 다해 우
는 것은 많이 우는 것과 다르다. 아이 같아지고
싶을 땐 온 힘을 들여야 하는 법이다. 언제나 아
이 같은 마음이길 꿈꿨으면서 온 힘을 다하는 것
을 종종 망각했다.

온 힘을 들여 내일은 조금 더 아이 같아질 수

있을까. 태초에 의도되었던 나로 빚어지는 생의 과정 또한 온 힘을 들여야만 하는 일일 테다.

Chloe를 달래러 방을 나선다.

| 2021.12.10 애틀랜타

처음인 것이 많은 이번 여행.

보스턴에 살고 있는 H의 집에선 지상 전철이
지나다니는 소리를 들을 수 있다.

| 2021.12.16 보스턴

16

코로나 자가 진단 키트 검사 결과, 양성.
우습게도 여행 중 방학이라는 생각을 한다.

| 2021.12.25 뉴욕

책을 사 들고 한참 거리를 걷다가 결국 아까 봐둔 카페로 돌아왔다. 핑크색 벽에 빨강 테이블, 식사 중인 아저씨들 (단골임에 틀림없다.) 두어 명이 앉아있는 귀여운 café 겸 restaurant. Fiat café라는 귀여운 이름의 장소다. 아마 주인이 피아트를 많이 사랑한 모양이다. 한 쪽 벽면에 피아트 자동차 피규어가 주르르 놓여있다.

음악이 좋다. 귀를 거스르는 것 없이 흐르는 재즈 선율. E와 통화를 하고 기쁨에 젖는다. 바깥엔 해가 지고 있다. 코로나 양성 판정을 받은지 14일 만이다. 당장 내일모레, 나는 런던으로 간다. 정해진 것이라곤 비행기 티켓뿐인데 마음이 이토록 평안할 수 있다는 사실에 놀란다.

글을 쓰는 사이 실내가 어두워졌다. 바깥으

로 언제 나가면 좋을지 고민한다. 식은 카페 오레가 아주 조금 남았지만 마시지 않을 생각이다.

'보는' 일은 단지 눈을 통해 들어오는 시각 정보를 처리하는 것만이 아니라는 것을, 불현듯 깨닫는다. 그보다는 영혼의 눈으로 보는 것이 어쩌면 훨씬 더 많을 것이다.

| 2022.1.7 뉴욕

18

모네의 그림을 시작으로 쇠라, 고갱, 로트렉,
고흐에 이르기까지 인상주의 화가들의 그림에
둘러싸이자 체온이 오르고 속이 일렁인다. 뺨은
화끈거리고 심장이 쿵쿵 뛴다.

고흐가 그린 생 레미의 풍경에 계속 눈길이
머물렀다. 그가 그린 하늘이 천천히 흘러가고 있
다. 사이프러스 나무와 들판은 바람에 나부낀다.
그때 바람에서는 이런 냄새가 났구나. 고흐가
거기에 있었다. 나는 그의 곁에, 한참을 머문다.

| 2022.1.6 뉴욕 메트로폴리탄 미술관

겨울의 여행자는 부지런해야 한다. 해가 뜨는 시간에 맞춰 바깥으로 나서고 해가 질 때 귀가하는 것. 마치 시계가 없던 시절의 사람들이 그러했을 것처럼.

해가 가장 짧은 날이었다. 그러나 낮이 가장 긴 날인 것처럼 걸었다.

| 2021.12.19 보스턴

서점에 들러 책을 사고 싶었다. 온통 외국어인 책 틈바구니에서 제일 먼저 Photography 섹션을 찾는다. 제2의 언어능력이 없어도 읽을 수 있는 책들이 거기 다 모여 있다.

| 2022.1.7 뉴욕

21

좀 더 많은 비밀을 간직하고 싶어졌다. 아무나 펼쳐 볼 수 없게. 내 손으로 만져지는 종이, 아주 가벼운 잉크의 무게에 담아, 펼쳐야만 만날 수 있는 곳에 비밀을 쌓아 두고 싶다.

| 기록 일자 미상, 세종

종종 책을 읽을 때나 글을 쓸 때 이어폰을 꽂고 음악을 들으면 나 하나 간신히 서있을 수 있는 방에 갇혀 있는 듯한 기분이 든다. 시야가 글자로 가득 차고 귀도 음악으로 가득 차 있으면 가끔씩 괴로워진다. 어디에서든 숨 쉴 공간은 필요하다.

| 2022.8.18 세종

런던에 도착한지 5일 만에 비로소 편한 마음으로 라떼를 마신다. 정말 좋다. 여기 있게 되어서 기쁘다.

| 2022.1.15 런던

24

내셔널갤러리에서 발견한 장소가 있다. 중세 시대의 그림이 모여 있는 방. 인기 많은 인상주의 그림들과 고흐의 해바라기가 걸려있는 방의 정반대에 있는 장소. 몰래 숨어든 마음으로 바깥이 보이는 커다란 창문 앞에 앉았다. 창가에 기대어 흐린 하늘과 사람들을 구경하다가 브람스를 듣는다.

내가 몸을 일으키기 전까지 이제 이 자리는 내 차지다. 시간이 가는 줄 모르고 하염없이 책을 읽을 차례다. 활자와 행간과 은총만 쏟아지는 세상, 그 안으로 들어간다. N이 갤러리에서 4-5시간을 머물며, 졸기도 하고 작품에 푹 빠져 보내기도 하듯이. 갤러리라는 무상의 사치스러운 공간을 그렇게 사적으로 써볼 계획을 세운다.

어젯밤엔 마침내 데이터가 끊겼다. 와이파이

가 잡히는 곳이 아니면 더 이상 인터넷을 쓸 수 없다. 이로써 초기에 목적했던 여행을 이룰 수 있게 되었다. 데이터에 의존하지 않는 여행.

데이터가 끊긴 가난한 여행객은 내셔널갤러리의 빵빵 터지는 와이파이에 의존하여 항공권 변경도 마치고 PCR 테스트 신청도 끝냈다. 이제 절반쯤 걸어온 서른의, 길다면 길고 짧다면 짧은 여행이 끝나가고 있다. 갤러리 한 켠의 기다란 의자에 앉아 마치 이 장소가 내 작업실이라도 되는 것처럼 할 일을 하고 짧게 글을 쓰고 책을 읽는다.

조금은 궁색 맞고 그러나 그것보다는 스스로 대견한 여행의 마무리라는 생각을 한다. 나는 이제 곧 집으로 간다. Going home을 들을 차례다.

| 2022.1.21 런던 내셔널 갤러리

58

날씨 요정은 느긋하게 날씨라는 사치를 부린다. 바깥 하늘이, 날씨가 어떻게 변했는지 몰라도 괜찮은 사치.

로스코의 붉은 그림 앞에 앉아 붉은 커버의 시집을 천천히 읽는다. 그의 그림이 놓인 방은 어둡고, 아주 오래전의 일이지만 나는 꼭 엄마의 뱃속에 들어와 있는 것만 같은 기분을 느낀다.

Tate Britain의 관람료는 무료. 호크니와 로스코를 봤으니 걸음을 옮겨도 되겠다. 엽서를 사서 한국으로 가는 새에게 물려줘야지. 런던에서 마지막 손톱 깎을 날이 얼마 남지 않았다.

| 2022.1.19 런던

처음 보는 사람의 미소

약간의 추위

싱싱하고 아름다운 생화

다리를 꼬고 커피를 기다리는 여자

창가엔 LOVE라고 쓰인 카드

마지막으로 털어 넣은 카푸치노 한 모금

어제 깎아서 단정해진 손톱

굵은 모래알처럼 반짝거리는 설탕

까맣고 오래된 창의 프레임

바깥에는 흔들거리는 나무

겨울에도 푸른 잎사귀들

흐린 하늘이 아름다운 런던의 낮

집으로 돌아갈 날을 3일 남겨두고 있다. 신이 내게 부친 편지 안에 잠겨서 감격한다. 그가 보내오는 내 생애를 향한 찬사가 질리지 않는다. 비로소 다리에 힘을 주고 제대로 걷기 시작했다는 생각을 한다.

| 2022.1.21 런던

쌓은 추억들은 고작해야 일주일에서 열흘 정도를 살아갈 연료가 되어준다. 끊임없는 연료의 공급은 매일, 오늘 '이뤄져야 하는' 일임을 직시한다. 내게는 이야기할 거리가 많지만 '제대로' 이야기하지 않으면 기억은 그저 그런 일이 있었다 정도에서 사라져 버릴지도 모른다.

열흘 동안의 자가격리는 그야말로 잠의 축제였다. 언제 잠들었는지 일일이 기억도 못 할 만큼. 낮이든 저녁이든 새벽이든 잠에 들었다. 맡겨 두었던 잠을 한꺼번에 찾아온 사람처럼 계속 자고 또 잤다. 이제 12시간 후면 자가격리도 끝이 난다. 석 달간의 여행이 비로소 끝이 나는 것이다.

격리가 해제되는 내일은 동네에 새로 문을 연 시립 도서관에 가서 회원증을 만들 생각이다.

| 2022.2.3 세종

자전거 타고 출근,

누워있는 길고양이,

뛰는 강아지.

  일하다 말고 지금 일하고 있어서 좋은 점을 생각해 보았다. 얼마 만인지 기억나지 않지만 날짜를 인지하게 되었다.

  몇 개의 계절 꽃을 알고 있다. 사진을 찍으면서 얻은 지식이다. 꽃의 이름을 아는 것이 무엇에 쓸모가 있느냐 물으면 할 말은 없지만 적어도 꽃의 이름을 알고 그것을 발음할 때면 계절 안에 깊숙이 들어와 있는 느낌을 받는다. 그저께는 산수유, 홍매화를 봤다. 조팝은 눈을 틔우고 있고, 목련도 곧 굳게 다물고 있는 꽃망울을 터트

릴 것이다. 목련 꽃잎이 우박처럼, 함박눈처럼
툭툭 낙화하는 날, 몽이와 그 아래 서서 한참을
구경하고 싶다.

| 2022.3.22-23 세종

안개가 자욱하게 내려앉은 도시. 이슬이 내려 촉촉히 젖어있는 도로. 혹여 미끄러지지 않을까 아주 천천히 페달을 밟는다. 수영장에서 집까지는 느리게 이동해도 자전거를 타고 5분이면 도착할 수 있다. 아름답고 장엄하게 동시에 초라하게 저물어가는 계절 끝물이다.

나무를 넋 놓고 보아도 사고가 나지 않을 아주 이른 시간, 초록 잎이 무성했던 길은 듬성듬성해진 노란 얼굴을 하고 나를 기다리고 있다. 아직 쓸리지 않은 낙엽이 한 켠에 수북이 쌓여 휘핑이 덜 된 생크림 같은 모양을 하고 있다. 스치는 공기 자락, 기어를 바꿀 때 나는 소리, 안개의 빛깔, 처연한 11월의 장미. 이보다 아름다운 새벽은 일찍이 없었다.

해가 떴지만 안개 탓에 아침도 밤도 아닌 기

묘한 빛이 온통 자욱하여 조명을 켰다. 나의 작은 강아지는 이른 시간에 어딜 다녀온 거냐는 눈을 하고 나를 봤다. 수영장 물 냄새가 배어 있는 손을 내밀어 주니 녀석은 한참 동안이나 내 손을 핥았다.

| 2021.11 세종

내게 청각은 시각보다도 선명한 세상을 제공해 주는 창구다. 음악을 듣고, 사랑하는 사람들의 목소리를 듣고, 바람을 듣고, 새소리를 듣고 몽이와 짱아가 킁킁대는 소리를 듣는 것. 그보다 보는 것이 더 대단하다고 말할 수만은 없을 것이다.

듣는 일은 들음과 동시에 만지고 보는 일. 들음으로써 보이는 것들이 있게 마련이다.

| 2022.7.26 런던으로 향하는 기차 안

어김없는 새벽 4시 반의 기상. 라디오를 들으며 잠을 더 청해보려 했지만 결국 잠이 오질 않아 주방으로 내려왔다. 아름다운 공간이다. 해가 비껴 지나가는 자리에 앉으면 정원에 있는 커다란 바나나 트리를 볼 수 있다. 크고 싱싱한 이파리, 여름의 색이다.

이상하기도 하지. 침실에서 주방으로 막 내려온 순간, 잠시 잠깐 스물둘의 맨체스터로 돌아간 기분이었다. Niki 아줌마의 집에서 맞이했던 수많았던 아침, 은은한 햇살이 실내로 들어오던 그 주방의 냄새가 난 것이다. 지나치게 영국적인 조금은 흥분되고 약간 외로운 냄새. 어째서 순간 눈가가 매웠는지 모를 일이다.

오늘은 보다 여유 있게 움직이기로 했는데 아침해를 보니 벌써 바깥으로 나가고 싶어진다.

밤의 마음과 아침의 마음은 언제나 이토록 의견이 다르다. 커다란 창을 뚫고 들어오는 햇살의 냄새를 맡는다.

| 2022.7.11 윔블던

깜빡 초저녁잠에 들었다가 찬 바람에 문득 깨어난다. A는 곧 도착한다고 한다. 일어나 주섬주섬 약을 챙겨 먹고 납작 복숭아를 한 입 깨물어 정성스레 과즙을 삼킨다. 먹기 편한 과일이라고 생각한다.

집에는 나밖에 없는 듯하다. 마치 그렇게 느낀다.

| 2022.7.12 윔블던

D의 집에 (정확하게는 방에) 발을 들여놓으면 그녀가 이름 붙인 대로 '하나님의 날개' 아래에 들어와 있는 것만 같다. 온전하게 안전한 장소에 들어와 있는 기분이 든다. 날뛰던 마음이 가라앉으며 평안해진다. 나른해진다.

오늘 감사를 몇 번이나 말했더라. D의 집에서 발음한 것이 오늘의 첫 번째 감사는 아니었을 것이다.

| 2022.7.21 배터시

낯선 도시가 내가 돌아갈 집이 되는 상상. 집으로 돌아가면 안심이 되어 노곤해질 것을 그려 보는 일. 여름의 남프랑스에는 시에스타가 필요하다. 타일 바닥이 깔린 4박 동안의 우리 집. 있을 것만 있지만 아기자기하다. 30분쯤 눈을 붙이고 일어나 손 빨래를 한다.

해가 가장 뜨거운 시간을 비켜서니 열어놓은 창으로 벌써 서늘해진 바람이 들어온다. 다른 나라의 매미 우는소리가 아름답다.

| 2022.7.13 엑상 프로방스

납작 복숭아는 과즙이 워낙 풍성해서 고개를
뒤로 젖히고 즙을 빨아먹듯이 먹어야 흘리지 않
고 과육을 모조리 씹을 수 있다. 과일을 깨물다
말고 매미소리에 창밖을 내다본다. 사뭇 다른
음색을 지닌 매미소리를 듣고 드나드는 서늘한
바람의 감촉을 만지고 있노라면 시간도 공간도
어딘가로 아스라이 멀어지는 듯하다. 과연 여름
이다. 소설이나 영화에서나 접했던 남프랑스의
여름이 무엇인지 비로소 알겠다. 습하지 않지만
배로 뜨겁게 느껴지는 햇살이 여기 머무르고 있
다.

주홍빛으로 빛나는 생 빅투아르 산이 고고하
게 섰다. 멀리에. 세잔의 뮤즈였다고 한다. 아름
다운 산이다.

인생은, 짙고 지독한 더위. 피해 갈 수 없는 한낮의 햇살. 서늘한 저녁이 오기를 기다리며 땀 흘리듯 눈물을 흘리고 꿀꺽꿀꺽 마른침을 삼키는 것으로 부족한 수분을 견디며 해갈되지 않는 고독을 끌어안는 것. 인생이 인생다워지기 위해서 나의 날들은 매일 고통과 조우하고 있다. 아직 한 여름 속이다.

많이 걸은 탓인지, 다리가 도톰해졌다. 바람이 거기에 같이 엉겨 있다. 안겨 드는 더위가 싫지 않다.

| 2022.7.14 엑상 프로방스

어떤 여행보다도 죽음을 자주 말하고, 듣고, 보는 중이다. 죽음을 생각한다.

세잔의 아틀리에에 놓여있는 세 개의 해골을 찍었다. '메멘토 모리.' 많은 예술가들이 생각한 그것. 세잔도 피해 갈 수 없는 길이었으리라. 삶과 죽음이라는 한 가지 범주는, 내가 살아가고 있으며 동시에 죽어가고 있음을 상기시킨다.

공황발작이 유독 잦은 이번 여행에선 보고 듣는 것들이 자주 아득해진다. 곧 쓰러질 듯이. 위태한 가운데 39도에 육박하는 땅 위를 걷고 또 걸었다. 붉게 상기된 얼굴을 하고 달아오른 열을 식히려 그늘을 찾아 걸었다. 저물어가는 태양의 열기가 여전했으나 비틀대면서도 도리어 그 빛에 의지하여 걸었다. 늦게 찾아오는 어둠이 반가웠다.

삶과 죽음, 서로를 향해 앞다투어 가는 여정. 그 치열함 가운데, 아득해지는 정신을 약으로 달래며, 속으로 눈물을 삼키며 의연하고 씩씩하게 걷는다. 끝내 긴장이 완전히 풀리기를 기다리는 중이다. 간절하게.

다리에는 몇 개의 멍과 모기에 물려 붉어진 자국이 무늬를 이루고 있다. 내일은 삶의 진물을 흘리며 바다로 들어간다.

| 2022.7.16 엑상 프로방스

　고요한 아침이 해를 데려온다. 주방 벽면에 묻어 있는 햇볕이 탐스럽다. 얼마간 A도 나도 코를 곤다. 피곤한 잠의 숙명, 새로 알게 된 잠의 모습과 형태. 아직 발견하지 못한, 만난 적 없는 내가 심연에서부터 기지개를 켜고 있다. 금세 나를 깨우러, 흔들러 올라올지도 모른다. 내게는 그것을 마주할 용기가 필요하다. 그것은 두려움을 감수할 용기, 곧 사랑할 용기.

　이번 여행은 어쩌면 성장의 시간. 여름의 엑상 프로방스는 자라나기 좋은 시간, 사랑하기 좋은 시간을 지녔다.

| 2022.7.14 엑상 프로방스

아주 이른 아침에는 매미도 울음을 멈춘다. 늦은 밤까지 울었을 매미가 아침이면 늦은 잠을 청하는 것일까. 죽음으로 가는 길목에서 서성이고 있는지도 모른다.

잠을 잔다. 잠깐의 죽음. 날이 뜨거운 낯선 도시에서의 낮잠은 잠시 경험하는 죽음이다. 어떤 큰 소리가 나도 반응할 줄 모르는 나는 특히. 자는 중에 위층에서 큰 소리가 들렸고 문은 쾅 닫혔다고 했다. 기억이 없는 나는 단지 잠에 빠져 있었다. 어쩌면 기억나지 않는 잠깐의 죽음에.

| 2022.7.15 엑상 프로방스

그야말로 물빛 바다. 한가로이, 또는 유쾌하게 물 위를 떠다니는 사람들. 그중에 수영을 즐거워하는 나. 프리울 섬은 마치 다른 세상처럼 가슴 안쪽에 바다를 숨겨놓고 수줍은 듯이 기다리고 있었다는 얼굴을 한다.

어쩌면 나는 떠나고 싶었던 게 아니었는지도 모른다. 누구와 떠나든, 어디로 떠나든 결국은 온전해지지 못하는 슬픈 숙명을 이고 돌아가고 싶다 한다. 곁에 있는 사람을 즐거워하며 동시에 멀리 있는 이들을 그리워하며.

나의 즐거움은 어디에서 어떻게 오는 것일까. 손과 발, 눈가에는 뜨거운 열이 서려 있다.

| 2022.7.17 프리울 섬

40

40도의 런던으로 돌아왔다. 과연 정신을 못 차릴 정도의 열기다. 비행기 안에서 에어컨 바람에 떨었던 것이 열기를 뚫고 걷는데 조금은 도움이 되었다.

체크인을 한 숙소는 윔블던에서 묵었던 숙소와는 분위기가 사뭇 달랐다. 낡고 오래된 집에 그리 깨끗하지 않은 청결 상태가 눈에 들어오기도 했지만 손때가 많이 묻어 있는 집이라고 생각하기로 했다. 날이 너무 뜨거운 탓에 찬물도 제대로 나오질 않았다. 간신히 샤워를 마치고 거울을 통해 오랜만에 바라본 등은 태양빛에 입은 화상 자국으로 얼룩져 있다. 가렵고 따갑다. 이 여름의 흔적이구나. 조심스럽게 물기를 닦고 복숭아를 깨물어 먹었다.

| 2022.7.19 배터시

41

아침, 커튼을 치고 창을 열었다. 기록적인 온
도를 찍은 직후로 런던의 평균 기온은 빠르게 떨
어지는 중이었다. 이른 아침이면 15도 안팎의
싸늘함이 대지를 적셨다. 대기에서 풀 내음과 구
름의 냄새, 바람의 결을 모두 맡고 느낄 수 있는
나라. 낙엽이 저물어가는 냄새가 습기를 머금는
가을이 오면, 우리나라를 딛고 있으면서도 영국
의 대기를 맡곤 했다. 그것은 순전한 그리움이기
도 했고 희망 사항이기도 했다.

처음 경험해 보는 여름의 영국. 런던에 머무
는 동안 맨체스터에서의 기억들을 자주 마주했
고 그 시절의 냄새를 맡았다. 맨체스터에 살았던
때엔 온통 향수로 얼룩져, 무엇이든 분간이 또렷
하지 않았다. 그러나 냄새만은 얼마나 확실하게
남았는가. 10년이 다 되어가는 지금에 이르러서

도 그 시절을 냄새로 기억할 수 있다.

　이것만은 분명히 알겠다. 동네 카페에서 커피를 한 잔 시켜 놓고 글을 쓰던 나를, 나는 오래도록 기억할 것이다. 거기에는 내가 그리워하는 희망 사항의 냄새가 들어있고, 여기서만 부는 바람의 소리, 서늘한 온도 그리고 내 사랑하는 기록들이 모조리 들어있다.

| 2022.7.27 런던

42

J가 사준 로제 와인의 향이 상큼하다. 백색소음처럼 깔리던 사람들의 말소리와 저녁 바람이 뺨을 스치는 소리는 어떠했던가. 그 얕은 소란함. 낮은 온도에 피어오르던 구름, 붉게 달아오른 J의 뒷목이 열을 내는 소리, 내 허리춤에서 펄럭이며 나를 어루만지던 남편의 커다란 자켓, 모든 것이 길 위에 있었다. 워털루역으로 향하는 길 위에.

| 2022.7.26 런던

43

썸머 타임.

이 기간 동안 느끼고 있는 하루의 길이가 지나치게 길다. 매일이 36시간 같다. 3박 4일 같은 1박 2일을 도싯에서 보내는 동안 나는 마치 나이를 몇 살 더 먹은 기분이었다. 세상과 시간을 조금 더 살아낸 기분으로, 관조하고 미련을 덜고 욕심도 덜었다.

지난 여행의 끝에 비슷하게 느꼈던 것. '너무 많은 것을 갖고 있다.'는 반성. 여행의 끝에 이르러 그것이 좋은 형태와 상냥한 질감으로 스며들고 있는지도 모른다. 오늘도 약을 먹었지만 보다 괜찮아졌다고 느꼈다.

| 2022.7.24 런던으로 향하는 기차

Lulworth cove는 생각보다 쌀쌀하지만 또 생각보다는 따뜻하다. 흐린 하늘 사이에서 얼굴을 드러내는 태양은 종종 뜨거워지고 하늘과 땅 그 사이에 바람이 부지런하다. 몽돌로 된 해변이 누운 몸을 다정하게 품어준다. 햇살 아래 해변에 누워있는 것이 바다에 들어가는 것 못지않게 좋다는 걸 경험한다.

흐린 하늘 아래서 해수욕을 했다. 물속에 있는 기분을 무어라 설명하면 좋을까. 물에게 안겨 있는 기분을 종종 느낀다. 나는 엄마의 양수 안에서 자라나던 때를 그리워하는 것일까. 슬픔 가운데 있었을 때도 깊은 물속에 잠겨 있는 것 같다 했는데, 실제 물속으로 들어갈 때 편안함과 즐거움을 느끼는 아이러니.

밖으로 나오니 부는 바람에 체온이 떨어진

다. 햇빛을 비춰 주시기를 기도한다. 사람들의
발소리, 공을 던져 주길 기다리는 강아지의 짖는
소리, 파도 소리, 음악 소리, 사람들 웃음소리가
지나고 나면, 마침내 눈부신 태양이 몸을 누인
자리를 비추인다.

| 2022.7.23 도싯

그 유명한 고흐의 자화상이 코톨드 갤러리에
있었다. 처음 알았다. 그가 초록색 눈동자를 지
녔다는 것을.

| 2022.7.22 코톨드 갤러리

Putney Heath는 멀었다. 다녀오는 데에 만보를 찍었다. 사람이 없는 새벽의 공원은 조금 무섭다. 어둠이 곳곳에 묻어 푸른 기운이 장엄하게 머물고 있었다. 홀로 흙길을 밟는 소리만이 들렸다. 드물게 새와 청설모가 지나가는 움직임이 눈에 밟혔다. 내내 흐리더니 다시 돌아 숲에서 나오자 서서히 파란 하늘이 보이고 하루를 시작하는 사람들이 골목 여기저기서 하나둘씩 나타난다.

귀가한 후에는 새로 산 레이스 티셔츠의 택을 손톱깎이로 뜯어낸다. 모두 여행의 묘미다.

| 2022.7.12 윔블던

47

찬송이 남는다. 그럼에도 불구하고.

너무 많은 우여곡절이 있었으나 결국 나는 또 이곳을 그리워하겠지. 그것은 어쩔 수 없는 숙명인 지도 모른다. 손목이 아파도 글쓰기를 멈출 수 없듯이.

버스에 타서 목적한 동네에 오기까지 바깥 풍경을 보지 못했다. 다만 햇빛만 인지하고 있었다. 눈꺼풀 위에 내려앉은 빛이 버스의 움직임에 맞춰 옮겨가는 순간들을 시시각각 눈동자가 더듬었다. 오늘은 짐을 가벼이 하고 눈으로만 장면들을 만지고 싶었다. 보고 듣는 순간을 남겨야 한다는 어떤 부담 없이 그저 바라보면서, 관찰하고, 냄새를 맡으며 여행자로서 집중력을 발휘해 보는 것.

어쩌면 그동안 나는 너무 산만했다. 해야 할

것이 많다고 생각하면 심장박동도 빨라지게 마련이다. 아무도 시키지 않은 사소한 계획들을 수시로 수정해 나가며 나는 나를 너무 피곤하게 했다. 뭔가를 해야만 한다는 어떠한 당위 없이, 계획 없이 여행을 한다는 것은 어떤 기분일까. 생각해 보니, 무엇도 정해 놓지 않는 여행을 주도적으로 해본 기억이 많지 않다. 그게 나쁘다는 것은 아니지만 좀 더 틈이 필요했는지도 모른다. 그럼 지금까지 스쳐갔던 모든 발작이 덜할 수도 있었을 것이다.

　버스에서 내렸을 때, 파란 하늘을 볼 수 있어서 기뻤다.

| 2022.7.28 런던

48

날씨가 좋은 날, KTX를 타고 서울로 향하면 천안에서 경기도로 가는 길목에 창밖으로 보이는 크고 작은 하천이 론강*으로 보일 때가 있어.

| 2022.5.15 광명으로 향하는 ktx안
| *스위스 영역의 알프스산맥에서 발원하여 프랑스를 거쳐 지중해로 들어가는 강.

과시하지 않고 그저 묵묵히, 소란 떨지 않고 많이 읽고, 고요하게 읊조리듯 살고 싶다. 나의 작은 소망이다.

사랑을 다시 세운다. 나의 유일한 토대. 자유하게 하고, 사랑하게 하고, 고통 속에서 기꺼이 낮아지게 하는 그것. 그 위에 시간도 삶도 세운다. 그렇게 유지되어온 삶이다. 어디서 다른 길을 찾겠는가. 다른 곳에는 길이 없는 걸, 이 사랑 외에는.

| 2022.5.2 세종

오해가 부서져 내리는 사이

　　종종 평행선을 달리고 있는 것만 같은 사람을 만나서 그에게서도 사랑을 발견해보는 일. 서로 간에 닮은 구석이나 비슷한 취향을 발견하지 못한다 한들 그런 건 아무래도 좋을 것이다.

　　'사랑은 오래 참고…'로 시작하는 유명한 성경 구절의 영어 버전은 이렇게 시작한다. "Love suffereth long…" 기꺼이 감수하는 오랜 고통. 같이 있는 시간이 즐거워서가 아니라 고통을 감내할 수 있다면 사랑인지도 모른다.

| 2022.4.29 세종

여기 함께 앉아있는 모두가 나보다 더 나은 사람이라는 진실된 믿음. 모든 사람에 대해 송구스러운 자처럼 행동하라고 들었던 말씀. 그것을 깊이 생각한다.

| 2022.4.24 세종

나는 온실 속 화초처럼 자란 편에 속한다고 생각한다. 그러나 화초 같은 삶에도 나름의 역경은 있었다. 그중에서도 평생의 숙제 같은 관계에 있어서는 제법 치열했노라고 말할 수 있을 것 같다. 많은 오해를 쌓으며, 상처 주고 또 상처받으며.

이 이야기는 하다 보면 어쩔 수 없이 (나는 나라서 팔을 안으로 구부릴 수밖에 없는 이치와 마찬가지로) 자기변명적인 성격을 띠게 된다. 그래서 되도록 화두로 삼고 싶지 않지만 가끔은 참을 수 없게 변명이 하고 싶어진다. 쿨해 보이는 어떤 관계들이 간혹 아니꼽게 보이는 것도 내가 그런 사람이었던 적이 아예 없었거나 있었더라도 마지못해 그러했기 때문일 거다.

찌질한 것은 얼마나 위안을 주는가. 내 과거

의 모습이었고 현재에도 자주 발견되는 모습이며 미래에도 끈질기게 나타날 모습이다. 평생을 가도 정도는 덜하게 될지언정 끝내 떼어 내지는 못할 거다. 신기한 것은 찌질한 자신을 긍정하면 나에게든 타인에게든 조금 더 관대해지는 스스로를 발견하게 된다는 점이다. 나는 생각보다 더 서툰 존재다. 안 그러면 훨씬 좋겠지만 그러지 못할 때가 더 많으며 그 정도가 지나칠 때도 많다. 그러나 바로 이 지점 때문에 그토록 치열할 수 있었는지도 모른다.

오늘은 어제보다 잘해내고 싶다. 내일은 오늘보다 잘해내면 좋겠다. 그것이 사람을 향한 사랑이든, 다른 무엇이 되었든.

| 2022.5.12 세종

6시를 향해가는 시계. 시간에 맞춰, 절기를 따라 고도를 낮추는 해가 나무 뒤에서 여전히 찬란하다. 새 카메라의 테스트 촬영은 대차게 실패했다. 필름이 잘못 물렸던 모양이다. 친구 부부의 아들을 담은 사진이 증발하고 말았다.

아가가 웃었다. 살냄새를 옅게 남기며 품에 안겨 있었다. 작은 손에 손톱이 달려 있고, 이제 막 걸으려는 보드라운 발에는 힘이 잔뜩 들어가 있다. 눈썹 위에 앉은 흐릿한 빛 멍울이 시야 테두리에서 아름답게 반짝였지만 아가의 웃음보다 찬란하지는 못할 거라 확신했다. 태양도 이보다 더 밝을 수는 없을 것이라고.

내 웃음이 이처럼 무해했을 시절을 생각한다. 나도 누군가에게 안겨서 태양보다 찬란하게 웃는 날이 있었을 테다. 아직 삶이 뭔지, 신념을

갖는다는 게 무언지 몰랐을 백지 같았을 날들.

　　그러나 모를 일이지. 단지 기억이 안 날 뿐, 그때 이미 살아가는 방식을 꿈꿨을 지도. 모든 아가들이 그런 꿈을 꾸며 잠에 드는 모습을 상상한다. 꿈속에서 아이들은 모두 저마다 열매를 맺는 나무가 되어 숲을 이루고 있을지도 모를 일이다.

| 2022.7.3 하남

54

맨체스터의 어느 교회에 처음 들어섰던 날을
기억한다. 이국 땅을 밟음과 동시에 치밀어 오르
던 향수를 감당하지 못해 어쩔 줄을 모르다가
신의 품에 안겼을 때에 비로소 안도하듯 울음을
토했던 그날. 거기서 E를 만났다. 그녀는 첼로를
켜는 동갑내기 친구였다. 심지 굳은 얼굴을 한,
또렷한 눈동자가 빛이 나는 아이. E가 첼로를 켜
는 게 좋았다. 그녀가 연주하는 노래를 듣는 것
이 좋았다. 우리는 얼마 안 가 절친한 친구 사이
가 되었다. 둘 다 예술을 하는 사람들이었고 무
엇보다 대화가 잘 통했다.

그로부터 많은 시간이 흐른 지금, 첼로 연주
소리가 침실 가득 울렸다. 그녀가 막 스케일*을
시작했을 때부터 눈물이 흐르는 것을 막을 수가

없었다. 바깥에는 나뭇잎이 음악에 맞춰 고개를 떨구었고 다람쥐는 중력을 거스르듯 나무에 올랐다. 너무나 선명한, 그러나 동시에 꿈속이래도 이상할 것이 전혀 없는 순간이었다. 영원히 멈춰버린 것만 같은 오후, 긴 연주를 마치며 나의 상냥한 친구는 나를 위한 축복을 빌어주었다. 내 눈물과 친구의 연주는 끝에 이르러 하나의 울음이 되었다.

나의 모든 날이 전능자에게는 현재라는 사실을 떠올린다. 맨체스터에서 친구를 처음 만났던 과거에도, 오랜 시간이 흘러 친구의 침실에서 그녀의 첼로 연주를 다시 듣게 된 현재에도 그는 '동시에' 함께하고 있었다. 아담한 교회에 들어섰을 때 마침내 밀려들었던 그날의 안도감이 순식간에 나의 현재 위로 이불처럼 덮인다.

언젠가, 가깝거나 먼 미래에도 우리는 얼굴을 마주 보며 동일한 마음으로 울 수 있을까. 그런 순전함일 수 있을까. 말로 다 못할 어떤 마음이 간절해진다.

| 2021.12.7 애틀랜타
| *도레미파솔라시도로 나열된 음계(를 연습하는 것)

집에 가고 싶어 하지 않는 Phoebe에게,
"Phoebe, 엄마가 4시에 레슨이 있어서 친구들
이 피아노를 배우러 올 거야. 그래서 집에 가야
할 것 같아." 하고 말한다.

"Phoebe's home?"

"응"

"Okay."

금세 납득하는 Phoebe, 분명 사려 깊은 어른
이 될 거야.

Phoebe와 E가 화장실에 간 사이, Chloe가
칭얼대기 시작한다. 나는,

"Chloe, 엄마는 언니랑 화장실에 갔어. 조금
만 기다리면 곧 돌아올거야." 라고 말해준다.

차분하게 눈을 마주치면서 내 말을 듣던 Chloe

는 칭얼거리기를 멈춘다. 아이들은 생각보다 많은 말을 이해할 수 있다.

　Chloe가 타고 있는 유모차를 천천히 움직여주며 조용히 웃었다. Chloe도 따라 웃었다.

| 2021.12.2 / 2021.12.7 애틀랜타

내가 생각하는 '좋음'에 대한 지나친 표현이 누군가의 감상을 김새게 할 수도 있다는 사실을 받아들이고 있다. 남편과 나는 감상의 영역에서 서로 정말 다른 사람들이라 표현하자면 종종 '어긋날' 때가 있다. 내가 느끼는 '좋은' 감상을 남편과 같은 크기, 비슷한 밀도로 느끼고 싶어 하는 욕심이 이따금 그를 좌절시켰다. 모르는 사이에 나의 어떤 표현들이 그에게 강요가 되기도 했던 것이다. '행복하다', '좋다'는 말을 그렇게 써선 안되었다. 그걸 몰랐다. 표현하면 다 좋은 줄 알았던 시절이었다. 그가 나와는 다르게 느끼는 사람이라는 사실을 인정할 수 있는 용기와 성숙이 부족했다.

| 2022.5.5 세종

구김이 없는 사람, 하면 바로 떠오르는 친구가 있다. 태어나 처음으로 세종에 방문해본다는 친구는 노란 튤립을 우리집에 선물로 놔주고 싶다고 했다. 그녀의 말이 노란 튤립보다 곱다고 생각했다. 곧 제주도로 이사 가는 그녀를 서귀포에서 다시 보기로 했다. 그때는 내가 그녀의 집에 꽃을 놔주고 싶다.

| 2022.5.22 세종

S와 가장 깊은 영혼의 이야기를 나눴다. 나란히 걸으면서, 비슷한 생각의 갈래들을 듣고 또 각자의 연약함을 조심스럽게 내보이기도 하면서. 우리는 마치 서로를 보듬기로 약속된 사람들처럼 굴었다. 첫 만남에도 서로가 이토록 따뜻할 수 있는 것은 우리 각자가 받은 사랑 때문이었다. 그녀와 내가 받고 있는, 초월자의 섬세한 사랑으로 인해. 그 사랑이 우리를 무장해제 시켰다.

아침을 함께 맞고, 식사를 함께 하고, 집을 나서 일만 보를 함께 걷고, 또 식사를 하고, 커피를 마신다. 그리고 같은 지하철을 타고 집으로 돌아온다. 나는 침대에서, 그녀는 테이블에서 각자의 작업을 하며 간간이 대화를 이어간다. 마치 오래 함께 산 사람들처럼. 낯선 이에게 흔쾌히 집을 열어 머물게 해준 그녀의 넉넉함에서 사랑을 배운다.

이것이 어쩌면 천국의 그림자일까, 정말 그런 거라면 나는 천국 문 입구에 걸터앉아 있기만 해도 지금보다 마음이 칠억 배는 더 기쁘겠다. 감춰진 보물 같은 사랑이 세상 곳곳을 밝히고 있다. 너무 비밀스러워 알아차리지 못할 뿐이다.

| 2021.12.22 뉴욕

더 이상 연락이 닿지 않는 친구들을 추억할 때가 있다. 여전히 친밀한 관계로, 서로가 서로의 사랑의 대상으로 지내고 있는 평행 우주가 어딘가에 존재할지도 모른다는 생각에까지 미친다. 그러나 거긴 '현재'의 내가 살고 있는 우주는 아니지. 그래, 그래서 더 서글퍼진다. 무어라 형용 못하게.

그리움은 저기 멀리 보이는 가로수 뒤에 숨어있다가 내가 지나가는 시점을 정확하게 알아채고서 갑자기 나타나 나를 흔든다. 어쩌면 예측하고 있었으면서, 놀라지도 않았으면서 나는 매번 흔들리고 만다.

'안녕. 잘 지냈지? 우리 그때 참 어렸지.' 같

은, 아무렇지 않아 보이는 대화들.

영영 닿지 못할 연락.

상상에서 이뤄본 수 백 번의 재회.

빈도수는 줄어들고 있으나 여전히 한 켠에
남겨진 그리움…….

그리움이 짙어 괴로워하는 내게 친구가 해줬
던 말이 생각난다.

"지금 누리고 있지는 않지만 그런 시절이 있
었다는 게 한 편으로는 선물 같은 게 아닐까. 아
무나 경험하는 건 아니니까."

내 수중에 갖춰진 행복, 잡힌 우정이었다면
이토록 애틋하지 않았을 것이다. 이미 매듭지어
진 20대를 이제 와 내가 풀어헤칠 수는 없는 법
이다. 그래서도 안된다. 남편이 있고 가족이 있
고 사랑하는 친구들이 있다. 사랑받고 있다. 괜
찮다. 나는 나의 힘을 내야 한다. 약에 의존하는

마음 말고, 내가 사랑에게서 받은 힘을 사용할
수 있어야 한다. 실력을 갖춘다는 것은 이런 것
인지도 모른다.

| 2022.4.3 / 2022.5.9 세종

　남프랑스 일정이 끝이 났다. 뜨거웠던 날씨
만큼이나 흘린 땀이 많았다. 눈물도 그에 상응했
다. A와 나는 비로소 우정이라는 형태를 구축하
게 되었다. 기꺼이 허물을 내어 보이고 못난 나
를 구태여 포장하지 않는 일. 친구를 끌어안고
싶었던 것은 포기하고 싶지 않았기 때문이었다.
그녀의 삶을, 내 삶을 서로에게 투명하게 안겨
주고 싶었다. 상대를 당황시키는 일이 드물게
있었지만 우정의 형태를 공들여 빚고 싶었다.
비록 오랜 시간이 걸린다 할지라도.

　까맣게 그을린 피부. 거기 시간의 더께가 쌓
여 햇살의 그림자가 남은 거라면, 우리 마음에
도 그만큼 시간의 더께가 쌓여 사랑의 그림자가
짙은 그을음을 만들었다. 처연하고 안쓰럽고 지
난하고 황홀한 시간이었다.

돌이켜보니 남프랑스에 머무는 동안 한국의 날씨를 확인하지 않았다. 그만큼, 이 장소와 계절과 날씨 그리고 옆에 있는 사람에게 전심이었다. 시간과 타이밍이 나보다 성실하게 일해주었다. 수많은 거리의 이동, 걸음, 산책……. 여름이 무르익어 손안에 담겨있다.

| 2022.7.19 마르세유

4:30am, 눈 뜸. 다시 잠에 들지 못해 한참을 뒤척이다가 기상. 옷을 갈아입고 1시간쯤 산책을 하고 돌아오니 벌써 5,000걸음.

이른 아침, 젖은 흙냄새를 맡으며 걷는 산책. 온 몸으로 이 아침의 아름다움을 느꼈다. 보이는 모든 것이 사랑스러웠다. 아마 창조주의 시선이었을 거야. 나의 사랑, 헤픈 정을 알아주는 사람들이 있다. 그들 때문에 더욱 사랑하고 싶어진다.

| 2022.7.21 배터시

통제되지 않는 상황이 수시로 범람했다. 스스로를 견디기가 힘겨웠다. 그런 이유로 넉넉함이나 여유로움 같은 미덕을 내 것으로 삼지 못했다. 이 말을 쓰고 싶지는 않지만 '본의 아니게' 여행 중에 A를 너무 외롭게 만들고 말았다. 마지막 밤에 이르러서야 그녀를 돌아볼 수 있었다. 너무 늦지 않아 다행이었다.

아침을 시작할 때 기도를 올렸다. 이 하루가 당신의 손안에서 온전하기를, 안전하기를. 얼마나 빠르고 또 정확하게 기도가 이루어졌던가.

친구와 마지막 밤을 보낸다. 오늘은 D도 함께. 셋의 웃음은 둘의 웃음과 조금 다른 결을 지닌다. 한 치의 눈치 보는 것 없는 유쾌함이 우리의 테이블 위로 쉴 새 없이 쏟아져 내렸다.

A의 마지막 날은 그야말로 온전했다. 그래서
기뻤다.

| 2022.7.20 배터시

불완전한 우리들의 모습. 꾸준한 지각이라던가, 느린 일처리라던가, 아픔을 감추는 억지 웃음이라던가. 우리는 다 애처롭다. 그래서 웃음이 나고 그래서 서로를 끌어안을 수 있다. 서로의 구멍 난 부분들을 메워주며 토닥일 수 있다.

| 2022.8.5 세종

64

마침내, 여름의 카니자로 파크.

불과 몇 개월 전에, 여길 다시 오고 싶다 했을 때 그토록 원하던 이 계절에 오게 될 거라고 누가 상상할 수 있었을까. 오늘 아침에도 내게 사랑을 고백해오던 하루의 빛은 이 선물을 내 손에 쥐여주고 싶어서 얼마나 설렜을까.

이동거리는 그저께보다 길었고 수다는 걸음보다 많았다. 허물어져 내린 벽 너머로 더 많이, 자주, 함께 웃고 싶었고 사랑한다 말하고 싶었고 포옹을 나누고 싶었다. 매 순간 그럴 수 없어서 다만 나란히 걷는 친구의 어깨를 쓸어줄 뿐이었다.

| 2022.7.9-11 윔블던

A가 떠나기 전전날에는 함께 비를 맞았다. 애당초 우산은 챙기지도 않았지만 차라리 잘 됐다는 심정으로 빗속을 걸었다. 그때 우리는 결코 작지 않은 슬픔과 혼란 속을 헤매고 있었으므로. 비가, 바람이 우리를 씻겨준다고 생각하면 조금 더 솔직해질 수 있었다.

괜찮음을 연기해도 좋았을 순간들에 우리는 아이 같아지기를 선택했다. 돌이켜보니, 그것이 가장 어른스럽고 성숙한 선택이었다. 그게 맞았다. 상황과 삶을, 일상이든 비일상이든 긍정하고 싶었다. 부정하거나 모르는 척하는 것은 내 인생과 상대의 인생에 대한 예의가 아니었다. 무엇보다 나는 내 친구를 끈질기게 사랑했으니까. 그를 계속 사랑하고 싶었으니까.

생각해 보니 이렇게 먼 곳에, 남편이 아닌 친

구와 여행을 나선 것은 나도 처음이었다. 아닌 척 했지만 나야말로 누구보다 서툴기 짝이 없는 사람이었던 것이다.

친구를 먼저 떠나보내고 이른 시간 카페에 앉으니 비로소 바뀐 계절의 런던에 와있음을 자각한다. 출근하거나 등교하거나 러닝으로 각자의 하루를 시작하는 사람들을 지켜보면서 온전한 이방인이 된다. 마주치는 사람들과의 옅은 눈인사, 입꼬리의 다정한 미소. A와 함께 거닐었던 공원으로 가고 싶어진다.

| 2022.7.22 배터시

현재 상영작

꿈에서는 종종 무엇인가 탈락이 된다. 내 머리카락이 잘리거나 내 옆에 있던 사람이 없어지거나.

종래에는 내 기억이 탈락된다.

| 2021.12.13 애틀랜타

깨어난 뒤에도 꿈속을 오래도록 헤매는 기분
이다. 거기서 나오지 못하고 오래오래 오래도록.

오늘은 고등학교 3학년생이 된 내가 먼 나라
로 유학 간 친구의 절친들과 같은 동급생으로 묶
이는 꿈을 꿨다. 넓은 매점에서 유쾌한 친구와
단둘이서 점심시간이 끝나가도록 라면을 먹었
다. 그것처럼 맛있었던 것이 근래에는 없었다.

| 2022.6.29 세종

68

간 밤에는 비가 많이도 내렸다. 지붕에 닿는 빗소리가 마치 폭포가 쏟아지는 소리 같았다. 여러 꿈을 옮겨 다니며 산책을 했다. 꿈에서도 폭포 소리를 들었다. 어디가 꿈 속인지 모를 일이었다.

조금 무섭고 두려웠던 기억들, 내지는 감정의 파편들. 심장이 제멋대로 뛰는 소리를 들으며 한없이 괴로워지다가 약의 힘을 빌린다. 눌렸던 것들이 무의식을 탐험할 때 고통이 되어 등장하는지도 모른다. 다만 아침이 내게 오기를 기다리는 것이 숙명인.

| 2022.6.5 제주

69

　　꿈속은 이제 막, 산 뒤로 해가 넘어간 시간,
내 육신은 아침에 누워 있었지.

　　할머니 할아버지 댁을 방문했다. 열려 있는
문 사이로 들어가 집을 구석구석 구경했다. 어쩐
일인지 태어나 처음으로 내가 꿈속에 있음을 알
았다. 곧 깨어나리란 걸 알았고 잠을 좀 더 유예
시켰다. 시간이 많지 않았다.
　　집을 둘러본 후에 (꿈이라는 게 다 그렇듯이)
어느 순간 옆에 서있던 할머니 할아버지와 포옹
을 나누고 푸르게 변해가는 하늘을 함께 지켜보
았다.

　　잠에서 깬 뒤에도 꿈의 형상이 오래도록 기
억에 남아서 저녁이 되어서야 글을 쓴다. 방문했

던 집의 구조를 그려볼 수도 있겠다는 생각에
스케치를 끄적였다. 아담하고 참 예쁜 집이었다.

| 2022.9.15 세종

화려한 집, 거실은 없고 곧장 높고 넓은 촘촘한 계단 위에 피부처럼 덮인 빨간 카펫이 맞아주는. 샹들리에와 커다랗고 높은 창, 바깥으로는 호텔 정원 혹은 테마파크처럼 보이는 조경과 불빛들.

어느 순간 곁에 섰던, 내가 돌보게 된 작은 여자아이. 나는 잠깐 동안 아이와 산책을 나선다. 순하고 착한, 그러면서도 원하는 것을 정확히 말할 줄 알던 사랑스러운 내 꿈속의 아이.

| 2022.7.4 세종

잠에 드는 것은 아주 먼 곳에서 7마리의 말을 앞세운 마차가 오는 것과 비슷하다. 처음에는 아주 멀리에 있어서 소리도 들리지 않고 형체도 불분명하지만 어느 순간 가까이에 왔음을 '알게' 되면 말의 위용과 마차의 아름다운 장식에 모든 시선과 신경을 빼앗겨 정신을 못 차리게 되는 것이다. 그것이 나를 지나쳐 보이지 않는 때가 되어야 반짝 한순간 잠에 들었다가 깨어났음을 알게 된다. 잠에 드는 순간 같은 것은 기억할 수 없는 법이다.

| 2021.11 세종

꿈을 빔 프로젝터로 연결해서 다시 보는 상상을 해본다. 대부분은 내가 왜 저 상황에서 저렇게 행동하는지 의아함 뿐이겠지. 스스로도 이해 못할 무의식의 심연은 어쩌면 보지 않는 것이 이로운 일일 테다.

분명 졸린데, 잠에서 깨고 만다. 벌써 며칠째. 하루를 사는데 어려움을 느끼지는 않는다. 7시간 내지는 7시간 30분 정도가 적정 수면시간으로 신체에 입력된 것 같다. 조금 피곤하고 왼쪽 무릎에 멍이 여전히 푸르다.

| 2022.4.25 세종

선생님은 내 안에 답이 있을 거라 했고, 그 말
은 맞았다. 내가 되고 싶어 하는 내가 되지 못한
현실이 이 병을 촉발시켰다. 원하는 작업을 마음
껏 하지 못하는, 작업의 고민 외에도 숱한 고민
을 끌어안는, 그런 자신에 대한 환멸.

　가끔 생이 중단되기를 바랐다. 그러나 자진
해서 죽음을 택하지는 않을 거라고 악착같이 다
짐하며 발버둥 쳤다. 생과 사투를 벌이는 날이면
꿈을 꿨다. 등이 관통 당해 피를 흘리거나, 납치
를 당하거나, ……. 계속해서 이어지던 구역감.

　고흐를 얼마간 이해하게 되었다. 지독하게
외로웠던 사람. 누구에게라도 납득시킬 수 없는
내 고독, 내 외로움인 것을 안다. 오롯이 끌어안
고 가야 할 나의. 비범하고 싶지만 그러지 못한,
그럼에도 불구하고 여전히 예술을 끌어안는 나

의 슬픈 자화상.

부도, 유명세도, 명예도 얻지 못한, 행복하기만 해서는 만족하지 못하는 욕심 많은 나. 지금까지 고민만 했을 뿐 무엇 하나 이룬 게 없는 나, 고민을 멈출 수 없는 괴로움에 발목이 잡힌 도망칠 데 없는 나.

나의 일부를 자르고 도망칠 수 있는 도마뱀이 되는 꿈을 꿨다.

| 2022.8.28 세종

74

눈을 뜨고 있었다. 지독한 꿈속. 눈을 떴지만
무엇 하나 또렷하지 않던 시야. 일렁이고 뿌옇고
엉망이었던. 어떤 손에 이끌리어 얼마간 흐려진
시야를 붙잡고 걸었다. 곧 블랙아웃. 꿈은 종결
되었다.

│ 기록 일자 미상, 세종

아무리 선명했더라도 보통은 서서히 아득해지던 여느 꿈과 달리 근래에 꾸는 꿈들은 내용을 기억하지 못해도, 말이 안 되는 내용이라도 마치 실제로 어디선가 일어났던 일처럼 느낀다. 꿈의 언어를 알고 싶다. 언제든 해석하고 번역할 수 있게.

| 2022.3.27 세종

오늘은 꿈속이 내내 노을 지는 시간이었다.
외국이었고, 친구 3명과 함께였다. 얼굴이 기억
나지는 않는데 나이는 제각각이었던 것 같다.
한 친구가 모자와 뿔테안경을 쓰고 있었던 것이
생각난다. 뭔가를 피해 도망하고 있었거나 길을
찾고 있었던 것 같은데 둘 다였는지도 모르겠다.
도움을 받아 숨어있던, 아직 문을 열지 않은 펍
에서 막 이동하려던 참이었다.

그러다 잠에서 깨어났다. 잠은 이토록 눈치
없이, 이 일이 왜 일어났는지, 그래서 결말이 어
떻게 되는지 실마리조차 주지 않고 멀어진다.
아주 가끔 이어서 꿈을 꾸기도 하지만 대부분의
이야기는 미완에 남겨져 있다. 다시는 닿지 못할
나의 작은 우주 어딘가에.

나의 꿈, 나의 서사, 내 얼굴과 표정, 작은 몸
짓과 말투까지도 문득 이야기로 엮고 싶어진다.
이야기, 그것을 갈망하고 있는지도 모른다. 현실
에서 멀어져서 마치 층과 층 사이 (실제로는 존
재하지 않는) 중간층 어디쯤에서 몸을 띄우고
있는 듯한 기분이 들기도 한다. 땅에 완전히 발
을 딛는 감각이 '더 좋은' 것인지는 아직 모르겠
다.

　붕 떠있는 내 상태도 창조주는 사랑스럽게
봐주실까. 깊이 침전하는 내 세계도 그분의 날개
아래일까.

| 2022.3.10 세종

파도의 기록

내가 여백이 많은 사람이면 좋겠다. 다각도,
다층위에서 읽힐 수 있게. 그리고 그것을 기꺼워
할 수 있게.

| 2022.5.9 세종

내가 겪는 모든 감정을 1부터 99까지 세분화 시켜서 말할 필요가 없다는 걸 잘 안다. 하지만 종종 참을 수 없게, 누구에게든 무엇이든 말하고 싶어진다. 그러면 실수를 하게 된다는 것을 모르지 않으면서. 어리석게도.

| 2022.7.18 마르세유

해가 뜨는 방향을 향해 날고 있었다. 바깥은 영하, 아니면 죽어가는 새벽별의 유언이었다. 나의 나라도 남의 나라도 아닌 상공에서 밤을 나고 아침을 먹었다. 먼 동이 창밖에서 서서히 터 오고 나는 숨을 죽인 채로 커피를 한 모금 삼키며 경치를 살폈다.

아, 매일 해가 새롭게 떠오른다니. 이 얼마나 커다란 위안인가.

| 2021.11.30 애틀랜타로 향하는 비행기

간혹 어딘가로 돌아가고 싶어지기도, 영영
돌아가고 싶지 않기도 하지만 오늘은 아니었다.
이대로도 좋다고 생각했다.

| 기록 일자 미상, 장소 미상

여행지에서 외로워지면 하는 것.

때로는 울다가, 보고 싶은 이들과 영상통화를 하거나 엽서를 쓴다. 그래도 안되면 우주가 얼마나 광활한지, 지구와 그 지구를 딛고 서있는 나는 얼마나 먼지 같은지 생각한다. 그러다 우주를 품고 있는 존재가 먼지 같은 나를 품고, 보듬고 있음을 기억해낸다.

| 기록 일자 미상, 뉴욕

마침내 그 별이 빛나는 밤에, 고흐의 시선과 부딪혔다. 맞닥뜨렸다. 그가 죽기 1년 전에 완성한 그림. 울트라 마린과 피콕 블루, 코발트 블루 그리고 이토록 눈부신 옐로! 이것은 '론 강의 별이 빛나는 밤에' 보다 훨씬 선명하고 또렷하다. 그의 하늘은 메트로폴리탄 미술관에서 보았을 때와 마찬가지로 여전하게 일렁이고 있다. 마치 지금의 하늘이 그러하듯이.

일렁이는 선명한 밤 하늘, 그야말로 별이 빛나는 밤, 순전히 이걸 보려고 뉴욕에 왔다. 뉴욕에 머무는 동안 하고 싶은 일은 이게 전부였다. 그 외에 다른 목적은 없었다. 목적을 성취하기까지 3주가 걸렸고 나는 내일이면 런던으로 향한다. 그가 진정 스스로 목숨을 끊었는지 아닌지는 더 이상 내 알 바가 아니었다. 열매 같은 그림을 남긴 그의 영혼을 가만히 들여다볼 뿐이었다.

밤 하늘에도 구름은 지난다. 별이 지구 위를 돌 듯이, 하늘이 지구 위를 돈다. 나는 거기에 오래오래 앉아 있었다. 외로움이 거둬지는 것을 느꼈다.

| 2022.1.8 뉴욕 MoMA

83

나는 눈물이 많은 사람이 아니다. 나는 눈물을 흘려야 하는 때에 아낌없이 쏟는 사람이다.

| 2021.11 서울

84

기대하지 않았던 불안이나 혼란이 불운의 얼굴을 하고 우리에게 나타나지 않기를 기도한다. 발을 떼면, 단 한 걸음만 걷는 일은 일어날 수 없다는 것을 <갱坑>*이라는 시를 읽다 말고 생각한다. 침대에서든, 의자에서든 엉덩이를 일으키는 순간, 걸음은 하나가 아니게 된다. 여러 걸음에 묶여 지친 우리의 발들. 간 밤에 흐트러진 자세로 들었던 잠은 취소할 수가 없고, 걸음을 떼면 도사리고 있던 피로가 도깨비풀처럼 달라붙는다. 그러나 잠에 드는 일도, 걷는 일도 멈출 수가 없다. 어쩌면 시공간 위를 딛고 산다는 것은 그런 것. 그토록 곤한 것.

간 밤에는 왼쪽 귀로 들은 소리와 오른쪽 귀로 들은 소리가 달랐다. 왼쪽 귀에는 피아노가 연주하는 재즈의 소리, 오른쪽 귀에는 몰아치는 바람에 아름드리나무가 우는소리. 여름밤에 눈물이 양쪽 귓속으로 들어가는 상상을 했다. 명치와 코끝이 매웠다.

| 2022.7.22 배터시
| *김소연「갱坑」,『수학자의 아침』수록 시

아침만 해도 너무 힘들었는데 오후 들어서는 이상할 만큼 컨디션이 좋다. 달고 사는 허리 통증도 오늘은 꽤 견딜 만하다. 아침식사로는 사과 1개를 먹었다. 당도가 12brix라고 적힌 아주 작고 앙증맞은 사과였다. 강아지는 내 무릎 위에 늘어져 있었다. 짧고 단출하지만 포만감 있는 시간이었다. 탄수화물을 먹지 않고 출근하는 날은 평소보다 더 쉽게 지치는 편인데 이상하리만치 제법 견딜 만하다.

새삼스레, '견딜 만하다.'는 말에서 어떤 투지와 금지, 단호하지만 우아함 같은 것을 느낀다.

하루 일과를 밖에서 일하는 4시간으로 끝내 버리는 과오를 종종 저지른다. 이후의 남은 하루를 살아낼 에너지가 떨어지는 탓이다. 오늘은 꼭 글을 쓰고 싶다. 단호하고도 우아하게. 내겐 아직 남은 하루라는 기회가 무한하게 펼쳐져 있다.

퇴근을 하고 귀가를 하면 청소기를 돌리고 수건을 삶고 글을 써야지. 해가 저물 즈음 되어 선선해지면 산책을 하고 저녁을 먹어야겠다.

| 2022.5.12 세종

일이 끝나고 나면 잘 해냈다는 안도감. 제법 자리를 잡아가고 있다는 자기 효능감. 그런 것들이 기분 좋은 바람처럼 불어왔다가 훅, 하고 갑자기 꺼진다.

그러고 나면 어쩔 새도 없이 밀려드는 속절없는 슬픔.

| 2022.3.21 세종

지독한 삶의 권태, 무료함, 지긋지긋함 같은 것. 밀도 높은 허무감, 무얼 해도 살아있는 것 같지 않고 그래서 죽음이라는 선택을 향하는 세월들.

꿈을 꾸고 있을 때, 물속에 잠겨 있을 때 비로소 살아있는 것 같다고 느낀다. 꿈에서 깼을 때보다, 물 밖으로 나왔을 때보다.

하고 싶은 유일한 이야기가 있지만 그런 이야길 나눌 사람들은 모두 당장 닿지 못할 곳에 있다. 그 밖에 다른 것들에게선 어떤 즐거움도 재미도 느끼지 못하는 권태가 곁에 있다. 생각도 눈동자의 움직임도 느리다. 요즘은 통 합리적인 생각이란 걸 하기가 힘들다.

"괜찮다. 괜찮아지고 있다."

나는 과연 무슨 수로 그것을 확신하는가? 하루아침에도 무너져 내리는 '괜찮음'을. 갑자기 찾아와 다만 죽음 만을 원하도록 뒤바꿔 놓는 것을.

| 2022.8.19 세종

　일순간 소란스러웠다가 이어서 고요해지면 바깥에 비가 많이 내린다는 뜻이다. 그럴 때 음악 소리 같은 것은 사실 방해물에 지나지 않는다. 적막과 고요가 만들어내는 하모니 안에 가만히 놓이고 싶다는 생각만이 절실해진다.

　스러져가는 비, 스러져가는 생.

| 2022.8.10 세종

"사람들이 집에 오는 게 왜 힘들어? 신경 쓰여서?" H가 물었다.

질문을 받은 후에 오랜 머뭇거림. 나는 간신히 입을 연다.

"내가 괜찮지 않다는 걸 드러내지 못해서 힘든 것 같아. 괜찮은 척 연기하는 기분이 들어."

정말이었다. 괜찮지 않은데 괜찮아지고 있는 척 연기하는 건 엄청난 에너지가 드는 일이었다. 사람들을 초대해서 함께 시간을 보내고 나면 진이 빠졌다. 그건 얼마나 즐거운 시간을 보냈는지와는 전혀 상관이 없는, 일종의 감당해 내야 할 몫 같은 거였다. 다시 혼자가 되면 침대에서 몸을 일으키기가 어려웠다. 그런 날이면 하루는 쏜

살 같았고, 순식간에 찾아오는 저녁을 적막 가운데 맞이하는 것밖에 달리할 수 있는 게 없었다.

다시 말 수가 줄어들고 있다. 웃긴 것들을 찾아 어떻게든 시시덕거리며 웃어도 보지만 웃긴 것은 웃길 뿐, 기쁘게 해주지는 못한다. 종종 멍하니, 말을 잃어버린 사람처럼 군다. 말을 할 때면 호흡이 가빠지는 탓에 내뱉는 단어의 수는 줄었는데 도리어 이야기하는 시간은 늘어났다.

혼자 있는 시간이 길어지면 눈동자는 갈 길을 잃고 방황하다가 아무 세계도 없는 세계로 들어간다. 언어를 잃어버린다. 생각을 안 하는 것이 가능해졌다. 창문을 통해 들어오는 빛을 가만히 바라보고 있거나, 키우는 나무, 꽃을 바라보면서 생각이 아닌 다른 감각이 일하게 한다. 아무 생각도 하지 않는 것은 꽤 괜찮은 일이란 것을 배운다.

요즘은 시집을 읽는다. '이해'를 요구하지 않

는 '단어들의 나열'은 평안을 준다.

| 2022.3.11 세종

어제는 간만에 영화를 봤고 리히터의 음악을 반복해서 듣다가 이유를 모른 채 울었다. 마치 병이 처음 발병했을 때처럼. 까닭을 짚어낼 수 없는 슬픔. 가만히 숨을 삼키며 또 길게 내쉬며 나아지기를 기다렸다. 남편은 말없이 나를 안아 주었다.

거실로 들어오는 햇빛에 가구 옆으로 비스듬히 그려지는 그림자가 선명해졌다가 구름에 흐려지기를 반복한다. 꼭 마음 같다. 인생 같다. 종종 날씨는 흐리지만 빽빽한 구름 뒤에 해가 있다는 사실은 변함이 없다.

운전하면서 찬양 듣다가 눈물.

하루의 마지막은 리히터.

귀국한지 한 달 조금 넘었음.

생활에 적응함과 거의 동시에 식욕과 수면 조절이 안되고 있음.

전반적인 의욕의 상실.

약에 의존하고 싶지 않으면서도 일상의 한 부분으로 약이 자리한 아이러니.

삶은 고난, 끝 있는 고통.

동시에 환희, 부서져 내리는 축복.

| 2022.2.21 / 2022.3.5 세종

꽃가루가 많이 날리기 시작한 계절. 앉은 자리, 눈을 두는 자리마다 하얀 먼지 같은 홀씨가 지천이다. 사월의 대낮에 눈발처럼 날리는 것을 가만 보다가 모르는 사람 같은 것은 새햐얗게 잊어버리고 슬픔 같은 것도 무시해버리고, 만난 지 오래된 벗들을 떠올린다.

요즘은 글이 종종 시가 된다. 수많은 함축과 은유 속에 비밀을 말하는 기분으로 드러나지 않을 것을 적는다. 시집을 읽다가 병원으로 가기 전, 잠시 동안 영원에 멈춰 서 있었다. 지금은 닿을 수 없지만 언젠가 닿을 곳을 그리워하는 마음으로. 옆에, 앞에, 뒤에 앉은 사람은 그때에 이미 잊히고 없었다.

| 2022.4.24 세종

몽이가 우리 집으로 온 뒤에 하루 종일 꺼지지 않는 불이 생겼다. 정확하게는 고양이 모양의 노란 LED 조명. 밤에도 이 집을 밝혀 준다. 성실한 고양이다. 은은하다가도 밤이 되면 반짝 빛을 낸다. 몽이가 밤중에 집안을 돌아다녀도 길을 잃는 일은 없을 것이다.

낮에는 할아버지가 암 진단을 받으셨다는 연락을 받았다. 어째선지 눈물은 나지 않았지만 슬픔을 멈추지는 못했다.

| 2022.3.11 세종

힘든 시기. 언제까지 이어질지 알 수 없는 것. 이 병은 참 기이하게도 마치 자격을 요구하는 것 같다. 그리 힘든 일도, 어려운 것도 딱히 없었던 것 같은데 내가 이런 병을 앓아도 되는 걸까 하는 생각을 지울 수가 없는 것이다. 나의 힘든 것, 내가 괜찮아지고 있는 것을 누군가에게 자꾸 증명해야 할 것만 같은 압박을 종종 느낀다. 누구도 요구하지 않았음에도.

완치, 여행, 임신, 일, ······.
내가 '동시에 해낼 수 없는' 것들.

자격을 요구하는 어떤 목소리에 속고 싶지 않다는 기도를 했다. 괜찮지 않아도 괜찮을 것이다.

오늘은 산책 중에 봄의 향취를 맡았다.

| 2022.3.16 세종

바뀐 (정확히는 추가되고 늘어난) 약을 복용하고 나서부터 며칠 정신을 차리기가 힘들었다. 푹 자도 몽롱하더니 일을 하는 중에도 멍한 일이 있었다. 눈치가 좋은 매니저님은 집중해달라고 말했다. 뜨끔했고 정신을 차리려 노력했다. 쉽지 않았다.

지독한 슬픔, 꺾여버린 생에 대한 의지 같은 것을 없애주는 쪽이라기보다는 아예 그런 생각은 못 하도록 만드는 데 약의 쓰임이 있는 것 같다. 그전에 먹던 약이 그나마 나은 것 같아 어젠 그걸 먹고 잠들었다. 컨디션 측면에서는 분명 나아졌지만 식욕은 또 줄고 있다. 이 무감과 고독, 질투, 비교, 괴로움, 슬픔, 한없는 우울의 굴레. 그러나 여기에도 분명 빛이 비추이고 있을 테지.

D는 내게 몹쓸 생각이 들 때면, 스스로에게 "빠가야로."라고 소리 내어 발음하라 했다. 한참을 웃었다. 소리 내어 말해주면 그 얘기를 듣는 스스로 느끼는 바가 없지 않겠지.

| 2022.6.14 세종

많이 울고 난 다음에 눈꺼풀의 경련.

| 2022.6.9 제주

공황발작이 일어나면 왼쪽 가슴 아래가 조여드는 기분이 들면서 숨이 가빠진다. 그럴 땐 손가락 두 개를 목덜미로 가져가 맥을 짚어본다. 심장이 얼마나 빠르게 뛰고 있는지 가늠해 보는 것이다. 내 몸에 붙어 있지만 내 맘대로 조절할 수 없는 기관의 헐떡거림을 가만히 느끼다가 눈을 꾹 감고 약을 삼킨다. '괜찮다. 이건 지나가는 여우비 같은 거야.' 하고 나를 달랜다.

겹친 손목 위에 가만히 뺨을 대고 엎드리면 눈을 가리는 몇 가닥의 머리카락이 심장이 뛰는 속도에 맞춰 미세하게 떨렸다. 내가 살아있다는 증거이자 나름의 객관적인 감각이었다. 어떻게든 살아있음을 느끼며 안심했다. 고통스러운 발작 중에도, 평범한 날들을 살다가도.

하늘에 다양한 층위가 존재한다는 것을 이 계절은 언제나 알려준다. 확대한 무지개의 단면인 듯한 색을 내는 천공. 겹겹이 싸인 구름이 저마다의 속도로 이동할 때마다 격하게 반가웠다. 2년 만에 만나는 여름이구나.

구름이 구름에 가리워지고, 구름 위로 구름이 만들어낸 그림자가 진다. 끝이 보이지 않는 나의 좁은 굴레, 슬픔의 밀물이 썰물처럼 빠져나간 자리에는 무감과 안도감이 말라붙은 조개껍데기처럼 남아있다.

| 2022.7.1 세종

어제저녁부터 음식을 삼킬 때 처음 느껴보는 감각을 경험하고 있다. 소설 속 표현으로만 접하던 '음식물을 씹을 때, 모래알을 씹는 것 같다.'는 표현을 이해한 것이다. 식사에 대한 욕구가 작년 이맘때처럼 깎여나간 것 같다.

오르락내리락이 있을 거라던 의사선생님의 말이 작은 위안이다.

| 2022.6.24 세종

더디지만 일상이 회복되고 있다. 오늘은 미루고 싶었던 것을 모두 해냈다. 아무것도 안 하기 위해서 말고 무언가 하면서 오랜 시간 진득하게 앉아있기는 정말 오랜만이었다.

단순한 것 말고 고민하고 고쳐 쓰고, 수정이 필요한 작업을 이어가고 싶다. 요즘은 독서와 더불어 그런 까다로운 부분들에서 가장 큰 재미를 느낀다.

사진도 글도 나를 떠나지 않고 있다.

| 2022.4.21 세종

A가 먼저 한국으로 돌아갔다. 이 표현 다 못할 헛헛함. 오롯이 남겨진 나만이 아는 감정. 나는 별안간 또 힘겨워지고 만다. 심장이 불안을 호소하고 목덜미는 식은땀을 내고 수시로 어지럽다. A가 난 자리일까. 그렇다면 참 선명하기도 하다. 괜찮아지기를 기다린다. 눈을 감고 있으면 조금 낫다는 사실을 상기한다.

며칠 사이 서늘해졌다. 언제 그랬냐는 듯 폭염은 잠잠해졌고 흐린 하늘 아래 부는 바람은 초가을을 닮았다. 그래서 떠나기 직전에 친구가 좋아했다. 뜨거웠던 서로의 감정과 날씨가 이상할 만큼 비슷하게 흘렀다. 우리는 또 한바탕 울었고 모든 것을 쏟아냈다. 그 밤에 서늘한 바람이 창을 타고 들어왔다. 우리 사이에 불었던 것과 닮은.

나는 생각보다 여행을 버거워하는 사람인지도 모른다. 이번 여행은 내게, 나에 대해 들려준 얘기가 유독 많다. 나는 과연 낯선 장소를 선호하는 것일까? 낯선 사람들은 어떤가. 실은 누구보다 익숙한 장소를, 익숙한 사람들을 좋아하지 않나? 모험하기 좋아하는 모습이란 어쩌면 스스로에게 기대했던 모습이었는지도 모른다.

그토록 바랐던 장소에 있으면서 더욱 힘들어지는 모순. 마치 지난 여행이 끝난 뒤에 찾아왔던 것과 비슷하게 이것은 예정된 수순처럼 찾아왔다. 스스로 언제든 무너질 수 있다고 느낀다. 간신히 붙들고 있는 가느다란 정신줄이 팽팽하다. 언제 끊길지 모를 일이다.

A와 하이드 파크를 걸으며 나눴던 바람 얘기를 떠올린다. 서늘한 바람도, 더운 바람도, 세차거나 여린 바람도 모두 머물러있지 않는다. 머물러있는 순간 이미 바람이 아니라는 것. 나를 스쳐갔던 모든 바람은 어떤 냄새를 묻히고서 어디

로 갔을까. 나는 바람을 따라잡지 못해 가만히 서있는 것만 같은데. 바람을 통과하는 일이 적극적인 내 움직임이었는지, 다만 적극적인 바람의 움직임이었는지 헷갈린다. 그 사이, 바람은 계속해서 불어오고 있다. 그 한 가운데서 구원을 기다린다. 구원, 그 빛이 정녕 절실히 필요하다.

| 2022.7.21 배터시

100

Le vent se lève. Il faut tenter de vivre !*

여름, 먼 데서 불어왔던 바람, 날리던 머리카락, 나를 향해 웃던 너의 입술, 걸음을 뗄 때마다 찰랑이던 치맛자락. 푸른 나뭇잎과 피어 있는 낮은 꽃나무 옆에 밀짚모자를 쓴 네가 있었다. 가장 순수한 얼굴을 한 네가.

바람이 어디서 불어와 우리를 흔드는지 알지 못한 채 그저 이리저리 흔들리다가 마주 잡은 손의 온기를 의지해 더디게 한 걸음씩 발을 옮겼다. 너는 내게 다만, '무사히 돌아와 줘서, 무사해 줘서 고마워.'라고 했지. 너는 언제나 나에게 불어오던 첫 번째, 최초의 가장 빛나던 바람이자 온기.

가을의 끝자락, 네가 만든 음악을 들었다. 네

선율을 듣는 동안 내 몸은 바짝 납작해져서 그 밖에는 심장소리만이 쿵. 쿵. 하고 메트로놈처럼 울렸다. 너는 마치 내게, '언니, 우리 살아가자.' 하고 말했다. 그랬지.

　나의 순수. 그 시작의 시절에 언제나 네가 있다. 희수야. 바람이 분다. 살아야겠다.

| 2021.11.25 신촌
| *바람이 분다. 살아야겠다!, 폴 발레리 –「해변의 묘지」중에서

101

곧 1년이 된다. 내가 병원을 찾은지도, 몽이가 집으로 온 지도.

많이 괜찮아졌다는 것을 알지만, 그런 나를 비웃기라도 하듯 이따금 파도처럼 '그것'이 덮친다. 언제 괜찮은 적이 있었냐는 듯이 깊은 물속으로 온몸과 마음이 순식간에 잠기고 만다. 오늘 밤에도 갑자기, 전혀 예상치도 못하게, 준비할 새도 없이 해일 같은 슬픔이 덮친다. 일 때문에 힘든 것일 거라 약한 체력을 탓했다. 애석하게도 나는 참 무른 몸과 마음을 지녔다.

그치지 않는 눈물을 계속 훔치면서도 나는 절대자의 사랑받는 자로서 명예를 누리고 있음을 알았다. 그는 약함이나 슬픔, 병 같은 것은 아무래도 좋다는 듯이 기꺼이 나를 끌어안으며 자기 아들을 내어준다. 용납되는 못난 나, 그래서 명예로워지는 나.

　E가 알려준 노래*는 그 여행의 기억 탓인지 비밀의 사랑 노래 같다. 이 밤에는 내내 이 노래를 듣는다. 바로 떠오르는 우중충했던 하늘, 런던의 냄새. 그때 거기, 내 사랑하는 그리스도가 나를 사랑하려 천사들을 보내어 안부를 전해왔다.

| 2022.5.30 세종

| *UPPERROOM-Love Note (Feat. Abbie Gamboa)

순간들은 고여 있는 법 없이 강물처럼 흘러
흘러.

| 2022.7.28 런던

몇 번째 숙소 이동인지 세는 것을 멈췄다. 오늘이 평일이라 좋다고 생각한다. 주말에 이동하여 새 동네, 새 마을에 짐을 풀었으면 헛헛함과 외로움이 분명 증폭되었으리라. 외로움, 그러나 '마주해야만 하는' 외로움.

"여기까지 가자."

"저기까지만 가보자."

때마다 차분히 나를 다독이는 음성. 어느새 나는 이만큼이나 왔군요. 그러나 이곳이 끝이 아니란 것을 잘 압니다.

태양빛에 많이 그을리고, 까만 머리카락을 지닌 마른 동양 여자가 런던 외곽의 작은 마을, 어느 동네 펍에서 식사와 맥주를 먹고 마신다.

1년을 살았던 시절조차 해본 적 없던 일을 서른이 되어 이제서야 하고 있다. 스물셋 여자애였을 때의 기억이 자꾸 소환된다.

바람이 쉬지 않고 분다. 해가 저물기까지는 약 3시간이 남았다.

| 2022.7.25 애들스톤

104

초조해지고, 아찔해지고, 불안해지는 중에
단순히 약을 의지하지 않고 괜찮아질 수도 있지
않을까 스스로에게 기대를 했는지도 모른다. 순
간마다 불안을, 그 단단한 청포도 사탕알 같은
것(그러나 전혀 달콤하지 않은)을 꼴깍꼴깍 죽
을 듯이 삼켰다. 한숨과 함께.

두 번째 약을 삼켰다. 지난겨울, 동생이 만든
음악을 듣는다. 두 계절 전으로부터 서늘한 바람
같은 위로가 내게 스며든다. 시간을 뛰어넘어
전달되어오는 아득한 위로.

| 2022.7.20 런던

편도가 붓고 있다. 여행이 끝나가고 있다는 뜻이다. 거쳐야 할 모든 단계를 거치고 게이트 넘버가 뜨길 기다리는 동안 '필요시 복용'이라고 적힌 이제는 너무나 친숙해진 약을 삼킨다.

잠시 잠깐 즐겼던 식도락이 다시 집을 나가고 있음을 느낀다. 그러나 분명 이전보다 아름다워진 것들이 있겠지. 지난번 여행과 비슷하게 물욕이 없었다. 내게는 긍정적인 일이었다.

약을 복용한다. 물컵 옆에 동그마니 놓인 영수증 위로 덮이는 햇빛을 응시한다. 이 슬픈 아름다움. 비워진 투명한 약봉지가 윤슬처럼 반짝거린다. 나도 이렇게 반짝이고 있을까.

| 2022.7.28 런던 히스로 공항

106

갑자기 날씨가 무척 추워지면 좋겠다는 생
각을 했다.

날이 추워지면 무엇이 바뀌어 있을까.
어떤 사람이 되고 싶을까.
어떻게 살고 있을까.
어떻게 살기를 바라고 있을까.

| 2022.9.6 세종

울고 아파하고 비명을 지르며 하루하루 살아
내는 것. 그것이 지금 내가 감당해야 할 사명인
지도 모른다.

그러나 괴롭다. 무엇에든 무감한 자신을 인
식하는 일과 해야 할 말이 타이밍보다 아주 늦게
떠오르는 것, 집중하지 못하고 내 의도와 상관없
이 멍 때리는 일이 잦은 것, 울음을 그치지 못하
는 일 같은 것.

나는 정말 괜찮아지고 있었던 것일까? 눈속
임 같은 것은 아니었을까?

괴로워지면, 이전의 좋았던 날들이 한없이
아득해지는 것을 느낀다. 기억조차 나지 않을 정
도로 아득해지다가 마침내 점처럼 인식된다. 저

어기 멀리에 놓인 점. 이 슬픔, 이 괴롬이 어디에서 와서 무엇을 향해 나아가고 있는지 도무지 알 길이 없어진다.

나의 사명을 기억해 낸다. 괴로운 상황 속에서 감사를 중얼거린다. 역설적인 현실을 견딘다. 결론을 모르기에 버텨지는 것들도 있게 마련이다. 빛이 폭풍 가운데서 나와 함께 울며 아파한다. 나는 여전히 그 빛에 안겨 있다.

| 2022.4.2 세종

내게 닿기를 기다리고 있을 이름을 헤아려 본다. 헤아려지지 않는 어딘가의 얼굴들, 그들의 아름다움. 나는 어디로 보내지고 있으며, 이 모든 과정은 무엇을 향하고 있을까. 내일을 생각하는 일이 얼마나 무의미한지 알기에 '오늘'이라는 주어진 하루 안에 머물며 지내고 있지만 곧, 험한 항해를 나설 때가 도래할 것을 알고 있다.

한 치 앞도 모르는 인생, 그토록 허무했다가 뒤집어지듯 설렘과 기쁨이 되는 기적. 살아서 다행이라고 생각한다. 다행스러운 일이다.

| 2022.4.8 세종

나의 기쁨, 나의 환희, 나의*

| *A Vava, ma femme, ma joie et mon allégresse
화가 마르크 샤갈이 아내 바바에게 썼던 표현
'나의 기쁨, 나의 환희, 나의 아내, 바바'라는 뜻

가끔 당신이 곤하여 코를 골면, 너무 멀리까
지 가지 말라고, 당신의 뺨을 쓰다듬으려 나는
저쪽, 잠 그 너머에서 가끔 이쪽, 육신을 누인
현실로 복귀하고는 하였다. 밤이면 나도 모르게
취하는 습관같이.

| 기록일자 미상, 세종

점심으로 먹었던 음식이 탈이 나서 집으로 돌아오는 고속도로 위에서 한 번, 돌아와 씻고 나서 또 한 번, 위에 있던 것을 게워냈다. 속이 메슥거려 어떻게 누워도 괴로웠다. 남편은 급히 약을 사 왔다. 한 번 더 올라올 것 같은 구역감에 변기를 붙잡고 괴로워하다가 욕실 바닥에 앉은 채로 남편이 건네주는 약을 받아먹었다. 괴로워하는 내 신음을 듣고 몽이가 끙끙거렸다. 그런 몽이를 보고 실없이 웃음이 났다. 남편은 몸도 마음도 고생이 많은 하루를 보냈다.

나란히 누운 우리를 영상으로 남겼다. 영상 속 내 얼굴은 통통 부어있었지만 싫지 않았다. 약이 잘 들었다. 메슥거림이 다소 가시는 것을 느꼈을 때 곧 남편은 잠에 들었다. 잠이 오질 않아서 핸드폰을 보다 말고 문득 어둠 속에서 나를 향해 돌아눕는 남편을 본다. 어슴푸레한 빛에 비추이는 그의 보드라운 뺨을 본다. 행여 잠이 깰까 손으로 쓰다듬지 못하고 눈으로 샅샅이, 상냥하게 쓰다듬는다. 순수한 어린아이 같은 표정을 하고 남편이 잠에 빠져있다. 담기지 않을 것을 알면서도 그를 영상으로 담는다. 어둠뿐인 화면 그 속에 그가 들이쉬고 내뱉는 숨결이 담긴다. 먼 곳으로 떠나면 하루에 꼭 한 번, 자기 전에 보게 될 어둠뿐인 영상을 소리를 켜지 않고 숨죽여 들여다본다. 거기, 내 남편의 일부가 들어있다.

밤이 깊다. 심장이 낮게 울리는 소리를 들었다.

| 2021.11 세종

111

마지막 점심 식사를 막 끝냈다. 여행 전에 집 나갔던 식욕이 여행 중이라고 돌아오지는 않았다. 배가 차면 먹기를 멈추었을 뿐. 그러나 식사 시간은 길었다. 길게, 음식을 오래 씹어 삼키면서 남편을 생각했다. 나보다 훨씬 오랫동안 음식을 씹어 삼키는 그 사람을.

| 2022.7.28 런던

항상 함께 했던 내 사람이 부재하다는 사실은 타인과 함께 하는 여행에서 더 극명하게 느낄 수 있다. 그의 빈자리가 도드라진다.

여행 메이트로서 남편의 빈자리를 이토록 크게 느낀 적이 또 언제였던가. 다른 시간 안에서 우리는 연결되어 있고 동시에 서로의 곁에 부재 중이다. 부부의 생애, 아직도 다 발견 못한 그 신비 너머를 서로가 서로에게 부재 중일 때 가늠해 본다.

그는 내게 처음이자 마지막이며, 궁극적으로 이루게 될 사랑의 원형 그 자체이자 거기 이르기 위한 과정이다. 함께 하고 있지 않은 상황 속에서도 사랑을 배우고 있다.

| 2022.7.24 도싯

113

어제에 이어 오늘도 4시에 눈이 뜨였다. 어디선가 밥솥의 증기가 배출될 때 나는 것과 비슷한 소리가 들리는가 싶더니 5시가 가까워 올 때가 되어서야 새가 지저귀는 소리라는 것을 알아차렸다.

지나간 저녁을 떠올린다. 늦을 거라던 남편의 연락을 받고 집 청소를 하며 땀을 냈다. 대지의 온도가 식기를 기다렸다가 강아지와 밖을 나섰을 때, 아파트 공동 현관 앞을 서성이고 있는 남편을 보았다. 야근한다던 사람이 저기에 왜 저러고 있나 의아함에 가만 서서 그를 바라보았다. 인기척을 느꼈는지 곧 남편이 고갤 돌려 나를 보곤 환한 얼굴로 다가왔다. 나는 여전히 의아해서 야근한다더니 여기서 뭐하고 있었냐고, 날도 더운데, 하며 샐쭉거렸다.

듣고 있던 음악을 마저 듣고 들어가려고 했다는 남편. 그의 퇴근길을 매번 지켜보지 못해서 몰랐지만 남편은 종종 이렇게 음악을 듣고 들어간다고 했다.

내가 알지 못하던 남편의 사소한 비밀을 엿본 날이었다. 부부 사이에도 귀엽고 사소한 비밀 같은 것은 있게 마련이구나. 못내 삐죽거리던 마음이 새벽의 새소리에, 작게 웃음이 나더니 스륵하고 녹는다. 이 정도 비밀쯤이야.

| 2022.7.2 세종

무섭고 괴로운 꿈, 두려움에 쫓기다 말고 간신히 눈을 뜨면 남편의 등. 익숙하고도 안심이 되는 현실의 냄새가 그의 등에서 피어오른다. 코를 깊숙이 파묻고 한껏 들이마시면서 나의 현실에서 안도한다.

| 2022.6.4 제주

제법 괜찮은 날이었다. 남편은 여전히 사랑을 멈출 줄 모르고, 순전히 나와 즐겁기 위해 게임기를 12개월 할부로 샀다. 신발이나 옷, 꽃, 그런 것들은 이제 더 이상 없어도 괜찮다는 생각마저 든다. 나의 생활이란 실상 더 이상 부족할 것이 없다.

동생은, 결혼하고 곧장 다른 도시로 내려가 살게 된 내가 많이 외로웠을 것 같다고 말하며 울었다. 일부 맞는 말이기도 했지만 그 시간은 내게 허락된 것이었다. 외로움을 견디며 분명하게 깊어진 부분들이 있었기에 억울할 것은 없다. 그때의 내게는 남편의 존재가 필수 불멸한 것이었다. 그가 나를 이토록 맹목적으로 사랑해 주지 않았더라면 (이런 가정은 너무나 무의미하고 식상하기까지 하다는 걸 잘 안다.) 아마 나는 버티지 못했을 것이다.

　　남편의 사랑은 내게 있어 정녕 그리스도의 사랑, 그것의 현현이었다. 그는 내가 어떻게 버텨낼 수 있는지, 무엇으로 버텨지는 사람인지를 알게 해준 사람이었다. 산만큼 쌓인 오해를 뒤로하고 떠나가는 친구들을 그저 바라보는 수밖에 없었던 시절에 남편은 꿋꿋이 내 곁을 지켜주었다.

　　남편이라는 실재,
　　내 재산이며 자랑이며 내 자부심이자 감흥이 덜해지는 법이 없는 노래,
　　나의 작은 동산이며 희미하지만 잡힐 듯한 낙원.
　　곁에, 이 사람이 있어서 언제 어떤 경우에도 괜찮았다. 제법 괜찮은 것이 가능했다.

| 2022.3.17 세종

남편은 이른 밤 먼저 잠에 들었다. 당도가 높은 와인을 음료처럼 마시고 취한 탓이다. (그에게는 알콜 분해 능력이 없다.) 자다 말고 두통이 심해 깰지도 모른다. 머리맡에 물과 두통약을 놔 줘야겠다.

약효가 올라오는지 나도 슬슬 졸렸다. 설거지를 하고 여행 첫날부터 사용한 금액을 영수증별로 정리하니 남편의 기특한 숨소리가 공간 안에 퍼지고 있음을 불현듯 깨닫는다. 그의 의식이 나를 인지하지 못할 때 그를 깊이 생각하면, 그의 씩씩하거나 쌕쌕거리는 숨소리를 귀 기울여 듣다 보면, 이상하게 서글퍼진다. 자는 중에도 내게 보내오는 사랑에 정신이 아득해진다.

나는 분명 행복에 연연하지 않게 되었으면서

도 달갑지 않은 몇몇 감정들은 여전히 버겁게 느낀다. 남편에게 사랑보다 미안함을 더 자주 말하게 될까 종종 겁이 난다.

당장 깨어나면 꿈일 것만 같은, 그런 여행을 하고 있다. 신기루 같다.

| 2022.6.5 제주

자주 운다. 사랑에 응답하는 방식이 눈물뿐인 것이 촌스럽고 단순하게 느껴져 스스로 싫증이 날 때가 이만큼이나 되지만 남편을 위해서 흘리는 거라 생각하면 이깟 눈물은 만 번을 넘게 흘려도 아깝지 않으리라.

여행이 다 끝나고 나면
아무 말 없이 짙은 포옹
거기 서로를 향한 세상의 말이 다 들어있다.

| 2022.6.7 제주

에필로그

고백하건대, 이 책은 여태껏 받은 사랑의 기록이며
답장을 바라지 않고 부치는 편지입니다. 여기에는,
온통 사랑한다는 말 뿐입니다.

돈이 많으면 좋겠다고 바랐던 가장 큰 이유는 받은 사랑을 받은 것 이상으로 갚고 싶었기 때문입니다. 그러나 여지껏 제 수중에 남아있는 것은 많은 돈이 아닌 몇 개의 단어들 뿐입니다. 이것으로 어떻게 사랑을 갚으며 살 수 있을까 한참을 슬퍼했습니다. 많이 울었습니다. 종종 힘겨워서 울었고 때로는 의미를 잃어버려서, 너무 외로워서, 어떤 날에는 많이 사랑해서 울었습니다. 노트에 휘갈겨 쓴 활자마다 빼곡하게 그때의 울음들이 새겨져 있습니다.

그런데 사람 마음이란 참으로 이상하지요. 쓸 때는 미처 몰랐는데, 수 차례 다시 읽으면서 이 책이 받은 사랑에 대한 작은 보답이 될 수도 있지 않을까 하는 생각을 감히 하게 됐습니다. 이 마음 다한 책을, 인생이란 험한 길을 걸을 때 잠시 옆에 머물렀다 가는 여린 벗이라고 생각해 주실 수 있을까요. 그 사이 눈물은 모여서 책이 되었습니다.

한낱 괴로움인 줄로만 알았는데 이제와 보니

결국 글자가 지나간 자리에 남은 것은 사랑입니다.

　고백하건대, 이 책은 여태껏 받은 사랑의 기록이며 답장을 바라지 않고 부치는 편지입니다. 여기엔, 온통 사랑한다는 말 뿐입니다.

　　　　　　　　　　　6월, 엽서정

다정한 날들에 안겨

1판 1쇄 인쇄 2023. 06. 01
1판 1쇄 발행 2023. 06. 26
지은이 염서정
편집 | 디자인 고애라
표지 사진 염서정 (@lyriyeom)
발행처 문장과장면들 (979-11) 966454
등록 2019년 02월 21일 (제25100-2019-000005호)
팩스 0504) 314-0120
이메일 sentenceandscenes@gmail.com
인스타그램 instagram.com/sentenceandscenes

세상에 작은 빛을 전하기 위해 책을 만듭니다.
문장과장면들은 우리가 이야기하는 방식입니다.

–